獻給蔣勳老師

文學少年遊

蔣勳老師教我的事

凌性傑

推薦序　少年，有詩為伴

蔣勳（作家、詩人、畫家）

每次讀凌性傑的文字，我都在想：如果中學時遇到這樣的老師是多麼幸福的事。

我的少年時代有許多自己搞不清楚的憂傷與孤獨。身體的發育，性的恐慌與苦悶，學校考試導向教育的呆板無趣……一個對人生剛剛開始有各種憧憬的少年，要在哪裡找到自己的心靈依託？

讀《金剛經》時很羨慕須菩提，可以有一位可以向他問人生難題的老師，他問老師的問題是：「云何應住？云何降伏其心？」

「如何安頓自己？如何安伏自己不安靜的心？」初中的三年，十三歲到十五歲，我心中疑惑的問題，渴望解答的問題，和須菩提的詢問這麼相似。

但是，我的中學，當時好像少了一位坐在樹下沉思的老師，可以帶領眾人，一路走去，向眾生乞食，學習謙卑，學習折疊衣服，學習洗淨吃飯的缽，衣缽收好，才「敷座而坐」，開始上課。

我一直想：最好的教育是傳「衣」「缽」，傳「衣缽」也就是關於「云何應住」的對話吧。

中學時沒有遇到性傑這樣的老師，便躲進了文學的世界。國小五年級，十歲左右，讀了東方出版社編譯的《希臘羅馬神話集》，嚮往著伊卡魯斯戴著蠟黏羽翼飛向天空的夢想。

之後就是《紅樓夢》，讀到第六回寶玉遺精，驚恐震動，蜷縮在被窩裡哭著，知道文學裡有這麼多可以依伴的知己。

因此，我不敢說自己親近了「文學」，也一直與「文學」或「藝術」若即若離，它們是我人生路上貼心的知己，孤獨的時候可以靠近，在喧鬧人群中覺得真正的文學的美常常反而消逝不見了。

中學時讀了三年小說，從英國的《簡愛》、《咆哮山莊》、《傲慢與偏見》讀到舊俄大部頭的《復活》、《戰爭與和平》，也在那三年中認真跟隨羅馬回來的神父讀完《舊約》，雖然後來離開了天主教，至今仍然覺得《舊約》每一段都是最動人的文學經典。

我多麼希望那時有一位老師可以和我談《中學聖日記》，談二十五歲的末永聖和十五歲黑岩晶的愛情，談劇中黑板上寫的杜甫的〈春夜喜雨〉那首詩，可以聽性傑跟一個對生命懵懂的少年講初春時那麼輕柔的雨霧，講杜詩最美的句子「潤物細無聲……。」

讀太多小說，看不起學校教育，背叛考試，高中去了大家認為很糟（因為升學率低）的強恕，很幸運遇到大學剛畢業的陳映真，讀他的〈我的弟弟康雄〉、〈鄉村的教師〉、〈一綠色之候鳥〉，他上課時彈吉他唱鮑勃狄倫，開始試圖在英文課直接帶十五歲少年讀英譯《異鄉人》。我開始知道，你一生會記得的老師是這樣的老師，讓你懂得生命「云何應住」「云何降伏其心」。性傑會讓許多學生記得吧？記得他們華美又憂傷的少年時節。

最近常常想到臺靜農老師，他已經走了三十年了，卻還是懷念。記得有一天他忽然問我：「有沒有在夢中寫詩？」然後就念了他少年時的兩句詩「春魂渺渺歸何處？萬寂殘紅一笑中……」「哈哈，很得意，可是寫不下去了……」

臺老師八十幾歲寫完這首詩，接了兩句「此是少年夢囈語，天花撩亂許從容」。後來他動了腦部手術，在病床上他問我「可曾在夢中作詩？」我心中涕泣無言語。是的，性傑也會鼓勵縱容少年學生有「天花撩亂」的「夢囈」吧……。

我會永遠記得臺老師問我「可曾夢中作詩」的表情，即使生命到了歷盡滄桑的晚年，少年時的夢囈之語還是這樣美麗，讓他煥發著青春的光。

謝謝性傑，給許多少年可以陪伴他們一生的作詩的夢……。

二〇二〇年立秋於鹿野山中

自序　只有自己知道

1

二〇一八年尾聲，看了一部受到許多人議論的日劇《中學聖日記》。這部戲幾乎是另一個版本的《魔女的條件》。這兩部日劇，講的都是年輕女老師與國中男學生之間不被世人認可的愛情。

《中學聖日記》裡，有村架純飾演的女主角末永聖，已經有了論及婚嫁的男朋友。二十五歲的末永聖在鄉間中學教授語文課程，那清純空靈的面容真是所有少男心中國文老師的最佳典型。身為教育職場新手的她，除了授課還要擔任導師，處理學生生活中的種種問題。有一天，末永聖老師在黑板上抄錄幾行我從少年喜愛至今的詩句，這幾個句子後來也成為劇情發展的重要關鍵。那是唐朝詩人杜甫的〈春夜喜雨〉，穿越時空在日本的中學課堂上出現了：

好雨知時節，當春乃發生。

隨風潛入夜，潤物細無聲。

座中的男主角是十五歲的黑岩晶，由十九歲的新人岡田健史飾演。外表看起來酷酷的黑岩晶與溫柔婉約的末永聖各有心事，然而命運讓他們交會，甚且點燃了他們愛的花火。那種冥漠不可測知的力量彷彿杜甫詩，歷經重重阻絕，使不同時代讀者深深悸動。

各自陷落在生命困境裡的這兩人，在一場夜間大雨中愈靠愈近。看不清來路與去向的他們，連面對當下都感到徬徨。他們坐在汽車裡，密閉空間內的交談夾雜著雨聲，黑岩晶若有所思，突然開口對末永聖說：「一場及時雨，會專門挑一個好時候下。春天到了一會下雨，雨被風吹拂著一直下到晚上……。老師你說的沒錯，我感覺詩裡的景色就在眼前。」

聖老師這麼回應著：「我特別喜歡這首詩，感受到的風和雨，看見的景色，我一直希望能傳達給別人，謝謝你。」

編劇不顧杜甫是否反對，用這首詩串連起相差十歲的師生戀。這樣的感情，注定是得不到旁人祝福的。況且，倫理、法律的界線如此分明，無來由的愛其實沒有我們想像中那麼強大，可以抵抗所有規範或反對。我從那部戲裡，理解了什麼是絕望，也理解了文學帶來的微弱希望。杜甫的詩像是祝福，也像是保護罩，在現實磨難中給予一點點智慧、一點點勇氣。似乎明白了小小的道理，愛會在艱難之中自尋出路。

這首詩的後半並沒有抄在黑板上，也許是要藉此暗示劇中主角人物的命運——

野徑雲俱黑，江船火獨明。

曉看紅濕處，花重錦官城。

詩的結尾讓我想著，春雨一夜飄灑之後，總該有好事要發生吧。流離失所的杜甫，在天府之國得到了資助，擁有暫時的安頓，於是他歌頌著滋潤大地的春雨，以理想的音節交代心聲。每當情緒低落的時候，杜詩便是一種溫柔的提醒，要我們繼續相信，來得正是時候的那場雨一定會出現的。

2

一定會出現的。

那些值得一讀再讀的文字，在某些不如意的時刻，或許就是那場正是時候的雨。

在這個渴求被點閱與被讚聲的社會，我想念從前在高雄鄉下徹夜寫作的青春時光。不為了什麼，只求內心安穩，我在課業的夾縫中閱讀與書寫，過早明白什麼是孤獨，試圖努力鑽破成長的硬殼。那是一個自己想回去但永遠回不去的起點，不受什麼力量強迫，也不受任何人事物鼓舞，純粹只是內心的機關啟動了，書寫都是因為不得不。

寫的慾望無比強大，常常是在洩導情緒而已，即便是手寫書信，信裡的某些密碼對方也不見得看得懂。那時總是告訴自己，不被懂得也無所謂啊。

一直相信著，讀自己喜歡的書，寫自己真心相信的事，就足以撫慰被現實日常壓榨得好瘦好瘦的一顆心。文學的功能並非指導我們找到人生的標準答案，而是提醒我們每個人有各自的活法，理解生命的方式從來就不輕鬆。文字構築一片茫茫大霧，霧裡看見的花，可能是真的，也可能是假的。

要很久之後才發現，擁有一顆純粹的心，是多麼不容易的事。在體制裡拿學位取得證書，在文學獎的光環下盡力表現自我，在人情世故的糾葛裡堅持一點什麼……，大概是為了讓自己相信，這一切不會徒勞，一切都是有意義的。如今比較淡然了，把成就焦慮放在很邊緣的位置。被看見、被肯定、被重視的需求漸漸變得淡薄，對自由的想像倒是更加豐盈。

3

回首少年時光，內心戲太多，曲折的心事找不到出口，幸虧有蔣勳老師的詩文陪伴著我，教導我不對生命失望，真誠地做一個溫柔的人。這些年因為編書與教學的需要，我在蔣勳老師的文字世界盡情遨遊，重新拾起求學時期最無法親近的中國思想史，尤其是佛學的部分。當時考博士班選擇學校的時候，刻意避開有佛學課的學校。某一場考試，偏偏出現一題二十五分的佛學題。那份思想史考卷上的整大題佛學義理闡釋，起先寫了十幾行，後來乾脆全部放棄不寫了。想著，大概自己與佛學無緣吧，竟然連應付考試都那麼懶，那麼任性地選擇逃避。說來弔詭，其後為了逃避博士論文的束縛，自動辦了退學，才真正能夠悠遊於文字世界，更盡興地讀也更盡興地寫。

所幸我從不以逃避為恥，如果逃避可以讓自己舒服快樂一點。

最最無所頓逃的，是自己本來的心吧。總會有某些奇特的時刻，來自內心的聲音會變得清晰，告訴你需要讀聖經，讀莊子，讀心經、金剛經了。近幾年是因為《捨得，捨不得》，使我的心回到少年狀態，再一次領受無所求的創作時光。從前讀不進心裡的佛經，竟然像一朵朵霧靄中的花，吸引我前去探看。

即使迷路也要去看看，世界上竟有這樣的花。

《文學少年遊》是我近幾年生活的總和，也是讀書與創作的紀錄。職場的操煩、勞倦，常常是會耗損精神的。有些工作必須頻繁面對人與人的交接往來，做久了，自己的心難免會磕碰，難免會受傷。

二〇一九年春天，在網路上讀到日本寺院的布告欄金句，覺得真是有趣，也很有療癒之效。這些句子確實讓我會心一笑，儲聚了正能量：「無論做與不做，都是一種能力」、「除了死之外，其餘都是擦傷」、「沒有風雨，花不會開也不會落」、「每個人都有幾個自己無法原諒的人，但記住這些仇恨的人只有自己一個」。

後來想了想，太常擦傷或是過度擦傷，其實也滿容易致死的吧。受過傷以後，希望日子可以過得非常簡單，多情而無悔，這樣就夠了。

4

向來很喜歡金庸武俠小說《天龍八部》裡擬定的回目（每一回的標題），每一冊回目串連起來就是一闋詞，設計相當巧妙。這部小說總共五冊，五闋詞的內容既可以和小說情節相互呼應，也可以視為完整而獨立的作品。其中一卷的回目使用了「少年遊」這個詞牌來填寫，青春期的我，曾深深著迷於這樣的情境：「誰家子弟誰家院，無計悔多情。虎嘯龍吟，換巢鸞鳳，劍氣碧煙橫。」只是，昔日的文學少年，再怎麼快意恩仇，終有一天會來到這樣的當下，在時間長河裡洗去塵埃，收拾起過多的情緒，用流過淚的眼睛看世界。

漸漸明白，有一種心情，叫做「貪迷戀，少年遊」，叫做「長似少年時」。最初的年少輕狂，後來很可能都變成了無比惘然的一句感嘆。以「少年遊」為名，無非想藉此存取光陰的流轉，以及中年回望的一瞬恍然。

《文學少年遊》裡，有一卷文章是與蔣勳老師的作品進行對話。對話的內容，蔣勳老師其實並不知道。大部分的篇章，最先都是寫給自己看的。那些私人的讀書體會，也是說給自己聽的。這樣的感覺，好像讀國中時期熱衷於唱歌的時光，尷尬的變聲期，不敢唱給任何人聽。什麼時候唱呢？關在浴室洗澡的時候，騎單車穿越夜裡鄉間小路的時候，放學走路去搭公車的時候……，唱〈青蘋果樂園〉、〈天天想你〉、〈心的方向〉、〈一場遊戲一場夢〉、〈時間仍然繼續在走〉……。即便是寫給自己看，唱給自己聽，也都是在跟這個世界保持對話。如果更幸運的話，能得兩三知己知音認同，也就值得了。

在那青春痘瘋狂生長的時光，少年知交送給我蔣勳老師的詩集《多情應笑我》。透過書冊，從此私淑於蔣老師，在屬於自己的天地裡有了春風吹拂，有了時雨的滋潤。最近這些年，也是蔣老師的文字帶我去了遠方。他寫過的巴黎、吳哥窟、京都、北海道……，逐一出現在我的獨遊軌跡，我也終於有能力把遠方帶回來。

5

讀了學生的文章才知道，他們這個世代流行大帳號、小帳號的切換，不同帳號呈現的溝通狀態多有不同。可以刻意讓人知道，也可以不讓其他任何人知道。大帳、小帳甚至小小帳的使用者，一定會意識到讀者的存在，並且區分每一種書寫的意圖。每一次登入，每一個帳號的選擇以及使用，都具有強烈的暗示作用：觀看的視角、沉默或發聲、說話的方式，都是由我自行決定的。對我來說，網路世界是一層一層迷霧，其中有一些遮蔽，也有一些事實的顯影。

我在社群網站上開了好幾個社團，成員都只有兩個，其中一個帳號是我，另一個帳號是自己。兩個帳號輪流使用，我讀自己的文章，也幫自己按讚。各類文學閱讀、編輯工作、旅遊資料分別設立了不同社團，像是一個又一個雲端的資料夾。日常生活影像與文字創作則另外設置一個社團，在不被窺看的狀態下，自由自在地書寫。我與我的分身，一起完成了《文學少年遊》。舊作《有故事的人》絕版已久，為了留個紀念，於是將幾篇自己私心喜愛的文章保留在《文學少年遊》裡。

但願《文學少年遊》可以成為某種陪伴，一起回顧來時路途，也一起看看心之所向。

感謝蔣勳老師以他的文字撫慰了生活裡的大小擦傷，並且給予這本書最珍貴的情意與祝福。感謝有鹿文化的悔之大哥以酒食相伴、以真心話相對待。感謝詩人劉曉頤留下深談紀錄，雕刻黃金時光。感謝編輯于婷為這本書找到一個面對讀者的美好形式。也要感謝生命中所有的相遇，該記取的就記取，該忘記的就忘記。完成這本書的時候有一種感覺，像是遠遊跋涉風塵僕僕歸來，自家庭院依舊，而春天已經在枝頭了。

二〇一九年四月四日誌於淡水

目次

卷二　金風玉露一相逢

卷三　**蔣勳老師教我的事**

卷一

文學少年遊

寫字的人

1

冷雨飄灑，滌淨了台北街頭的霧霾。我約了在醫院實習的H，一起去聽王心心的南管音樂會《心心．念念——普門品》。H一整天跟著老師看病歷，很晚才離開醫院，連晚餐都來不及吃。只好趁著看演出前的小段空檔，遞給他一小袋水煎包與車輪餅，讓他先填填肚子。H手上提袋裡裝著一襲白袍，像是隨身攜帶著未來的職場生涯。他喜愛雅樂與古典詩詞，常常抄誦佛經，在高中時的周記本上寫了不少詩作。二〇一五年冬天，我在知本小住，一邊聽著溪水潺潺，一邊聽著王心心的南管心經專輯《此岸．彼岸》，於是發了訊息給H，告訴他當下的心情，悠遠，淡然，像是被樂聲淘洗過。

那段日子頗覺人生憂患實多，習慣在睡前用鋼筆抄寫經典，專注而沉穩地默讀古典，把自己的情緒置放在一撇一捺之間。有時候愈是心煩，字跡愈是凌亂潦草，最後棄筆投降。王心心曾在演講中以書法筆勢為喻，解說南管音樂的演唱形式是有起承轉合的。那種音樂模式，並不是直接抵達，而是一種曲折的呼應。寫字的時候，我喜歡焚一炷從京都帶回來的立香，讓木質調性的香氣圍繞著，這樣一來，書寫的行動便宛如在山林中漫漫遨遊。

《心心．念念——普門品》的舞台設計刻意以鋼架堆疊，呈現荒涼頹廢的末世之感。佛經字句投影在白色布幕上，簫、琵琶、三弦加上人聲，〈普門品〉遂成為一首長歌。王心心一襲素衣，抱著琵琶，款款歌吟〈普門品〉。她從小看著母親早晚誦念〈普門品〉，從中獲得安定的精神力量。王心心譜寫此品時，歷經人生黑暗期，創作期間曾遭遇摔傷、親人悖離種種打擊。在譜曲期間，她每天以毛筆抄經，透過藝術形式安頓身心。王心心曾在龍山寺諦聽善男信女唸誦觀音名號，虔誠祝禱，深為庶民的能量所感動。於是她這次邀請二十二位素人負責誦唸，透過集體的聲音，傳送觀世音的恆常信念。南管餘音裊裊，聲音的拉長、重複，形成了反覆的暗示。

2

夜雨中，我和H說再見，耳間迴盪著〈普門品〉。佛經梵唄的音響效果如此，宛如殷切叮嚀，不厭其煩。《妙法蓮華經》中的〈普門品〉是第二十五品，講述觀世音菩薩聞聲救苦的故事。觀音以各種形象化身，助人離苦得樂。在這段佛經裡，無盡意菩薩偈曰：

或漂流巨海，龍魚諸鬼難，念彼觀音力，波浪不能沒。
或在須彌峰，為人所推墮，念彼觀音力，如日虛空住。
或被惡人逐，墮落金剛山，念彼觀音力，不能損一毛。
或值怨賊繞，各執刀加害，念彼觀音力，咸即起慈心。

人世間的傷害太多了，所以需要觀世音菩薩的拯救。傷害無處不在，然而有慈悲之處，即有觀世音。「眾生被困厄，無量苦逼身，觀音妙智力，能救世間苦。」大概就是這個意思。這兩三年，當自己受了傷，卻不想怨怪任何人的時候，我選擇安靜地寫經，藉由寫字調整呼吸，重新理清生活的秩序。

許悔之〈原是一名抄經人〉提到：「有一天凌晨，抄寫觀世音菩薩普門品，抄到手累了，暫停休息時，閉上雙眼，眼中心中可以感覺無量無邊的柔光紛紛，宛若細碎的鵝絨飄浮在空中，那一刻，我感覺到真正的平靜、自在、內外不分，好像我的心與這個世界不再衝突乖違了。」活在語言文字裡，語言文字有時幫助我們理解這個世界，有時則帶來傷害與誤解。抄經時我感到靜默祥和，無所謂理解或誤解，唯有認真自得而已。

3

二〇一六年夏天，一位親愛的長輩辭別人世。我在京都聽聞消息，黯然大慟。隔天醒來已經近午，想去佛寺為長輩抄經。先乘嵐電去御室仁和寺，不料觀音堂正在大整修。看了公告才知道，原來這裡抄經是要預約的。遂在庭園小憩，因為吃了感冒藥，坐在木頭地板上幾乎又要睡著。

出了仁和寺，口乾舌燥，到不遠處的御室さのわ喝咖啡。咖啡館裡只有兩個員工，一位年長女性，一位年輕男子。男店員幫我點餐送餐，安靜地佇立吧檯後。館內放著莎拉布萊曼，背對店員滑著手機的我，忽然默默掉淚。Time to say goodbye，告別的時刻，樂音迴盪在幽靜的咖啡館裡。年長的女店員來到身邊，問要不要喝水。來不及擦去的眼淚，都被她看見了。她沒多說什麼，只是幫我倒了一杯水。這裡咖啡極好，甜品也出色，但那當下我的感官似乎已經麻木，食不知味了。

結帳離開時，優雅的年長女士問我從哪裡來，我說台灣。還用日文對她說，多謝款待（這也正是我想對已故的長輩說的）。女店員微微一笑，跟我互道再見。

再坐一段嵐山電車，就是妙心寺。看完雲龍圖，便繳交一千日圓抄經費，找個位子抄寫心經。抄經時有一陣芳香湧現，我告訴自己，心中懷念的長輩已在永恆的平靜慈悲之中了。

一筆一劃，都是時間，我突然有了寧定之感。那種寧定之感，就像在仁和寺看到的一面木板門上的繪畫。柔和的鵝黃色為基底，羽翼潔淨的鳥隻在飛翔。

4

京都旅次臥病，過午才醒，吃了一顆水蜜桃填肚子。懶懶的，什麼都不想做。想了想，還是出門走走。搭地鐵至東山，到知恩院已經將近三點。知恩院御影堂大整修，暫不開放，預計平成三十年完工。

走到寺院最深處，看見小小的勢至堂。此處開放至下午四點，抄經費用二千日圓。填寫自己的姓名地址並付費後，一位和藹的師父領我前去抄經室。抄經室位置極佳，眼前一方清幽庭院，更遠處是山下的市塵。

抄經之前，師父與我相對跪坐，先拈起些許檀香在手心摩挲然後揉搓雙手，是一種淨化的儀式。接著雙手手指交錯，閉上眼睛默禱，讓心靜下來。起身之後，跨過象形香爐，頗似台灣過火儀式，便可以選個座位抄經了。院中有三種中日文經文可選，我選擇抄寫發願文，發願了悟與超脫，迴向有情眾生。

抄寫完畢，師父帶我去勢至堂，將經文供在佛前。入門前特別解釋了壁畫中的釋尊，文殊菩薩，普賢菩薩，以及智慧慈悲的意思。文殊菩薩的坐騎是青獅，祂手持慧劍斬斷煩惱，以獅吼震懾魔怨。普賢菩薩則乘白象，象徵願行廣大，功德圓滿。供奉經文還有一個儀式，師父在我左側敲木魚，我跪在勢至菩薩面前，隨著師父誦唸南無阿彌陀佛，總共十次。當師父說儀式完成的時候，我覺得寧靜平和，不由自主再向菩薩頂禮三叩首。師父大概覺得我很虔誠，加上是台灣來的，他特別帶我到菩薩面前，讓我看清楚勢至菩薩的樣子。

菩薩已被香火燻黑，眼睛綻放著白色光輝，觀照有情眾生。我當下覺得感動，全身起雞皮疙瘩。勢至堂後門有偈語，無常迅速，提醒我們要好好努力。回到抄經室，師父端來抹茶與和菓子。我一邊享用，一邊看著遠方，希望一直記得這種無牽掛的樣子。

5

說起寫字儀式，京都泉涌寺雲龍院的抄經方式也相當特別。這是日本現存最古老的抄經場。抄經前工作人員朝著我的頭部灑落甘露水，接著要我以香灰塗抹雙手，象徵潔淨無垢之意。接著還要拿取一片丁香，放在嘴裡含著，直到抄經結束。這裡寫心經用的是毛筆與朱墨，寫出來的字明亮燦然。因為口含丁香，寫經的時候不能言語，只覺滿口芬芳。與知恩院一樣，雲龍院寫經結束亦會提供抹茶與和菓子供人享用。在榻榻米上找個位子，面對庭園坐下，是可以把哀傷靜靜放下了。

後來也曾獨自上比叡山寫經，在書寫的當下，心裡一直浮現最澄上人所說的「照亮一隅」。比叡山幽寂清涼，是日本天台宗總本山，也是日本寫經儀式發源地。波磔點畫慢慢寫，那些字句照亮了我，帶走了幽暗。山風吹過松林，傳來陣陣低吟。野々村馨（Nonomura Kaoru）的《雲水一年：行住坐臥永平寺》敍述出家修行的經驗，他的心得是：「即使過去完全被忘卻了，但過去肯定仍存活於現在。現在，是過去的產物。此外，就像現在乃過去之產物一樣，未來也是現在的產物。我在永平寺學到的，是肯定過去一切事物的勇氣，以及珍惜活著當下——未來所由生的現在——的喜悅。」寫字的時候，我也有這樣的感覺。寫字是一種勞動形式，卻又不只是勞動而已。運筆於紙上，留下深淺不一的痕跡，每一個當下都讓我虔敬珍惜。

身為一個寫字的人，最重要的就是把字寫好而已。

一輩子喜歡一件事，喜歡一件事一輩子

現實，往往是磨人的

不管在怎樣的時代，能找到一份自己喜歡的工作，都是一件幸運的事。能夠喜歡一件事一輩子，那就更難得了。幸福之所以難求，正因為每天要與現實生活短兵相接。而現實，往往是磨人的。

在媒體上看見失業率數據、低薪困局，每覺怵目驚心。現代人即便有了一份穩定的工作，日子可能也過得不輕鬆。生活的艱難，就像舒國治〈求生、謀職與路上行人〉裡說的：「蠻荒之世，餬口有其難處。而今日人雖不處叢林，竟然餬口也有難處；否則何以大夥皆守著一樁爛職業、每日吃苦受罪而遲遲不敢言離。」

在《過勞之島》這本書裡，紀錄一連串台灣職場過勞死傷的個案，那些事故在我心裡形成強烈撞擊，期待台灣的勞動人權可以被法律保障。我們這一代從小就被教育著好好學習、畢業後找份好工作，如今要面對的問題卻是：賴以維生的工作竟然可能是不幸的根源。《過勞之島》提到台灣勞工工時過長，致使身體勞損，也侵蝕個人休閒活動、家庭與社交生活……，於是作者質疑：「工作究竟是為了『謀生』，還是為了『找死』？我們一輩子辛勤工作，不就是為了幸福的生活？我們努力賺錢，到頭來怎會犧牲了親情、健康、社交生活？」

看似安穩的教育這一行，亦潛藏著職業災害——聲帶長繭、靜脈曲張、過早發作的五十肩，以及長期累積的焦慮與憂鬱。我的朋友傳來訊息，說某位教學研究都認真的老師正當盛年卻罹癌猝逝，據說生前每天睡不到四小時。還有不久前的新聞——因為學校工作壓力太大，有老師在學校跳樓身亡，有老師在教室以鐵鍊上吊離世。教育如果有「現場」，這樣的現場真不是我初入行時所能想像。

每一種生活模式都有其難處，或許只能往好處想，「現場」永遠都有可能流動、變化。

一紙聘書決定了往後的幸福

碩士班學分修完的那個夏天，我曾經猶豫該過怎樣的生活。當時手頭積蓄所剩不多，最好可以一邊工作一邊寫學位論文。開咖啡館、經營早餐店、投身出版業或補教業，都曾是我理想生活的選項。已經做了兩年的補習班作文教學工作，頗為得心應手。只是因為談了太過艱苦的戀愛，我必須逃離原有的關係脈絡，以斷絕放棄來換取自由。說來詭異，我追求幸福的歷程，彷佛都只是在試圖逃離不幸而已，實在太不積極進取了。為了轉換現場，遂一路向東，在濱海小城讓自己的心安靜下來。

歷經幾次落榜，二〇〇〇年八月二十九日，終於通過教師甄試，第一次拿到公立學校的聘書，擁有一份正職，再不久即將滿二十六歲。體育學校占地廣闊，大部分學生都必須住校，過團體生活以利訓練。我申請到一間教職員單身宿舍，有獨立衛浴以及一個小陽台。陽台上，有燕子築巢，嘰嘰喳喳的聲音陪我度過許多晴雨晨昏。定期為牠們清理排泄物，別有一番小情趣。校園裡面樹種繁多，主建築後方種滿了向日葵，圍牆外即是大片釋迦田。辦公室曾捕獲罕見的鎖鍊蛇，我在單身宿舍門口見過一尾雨傘節彎彎扭扭地溜過。後山生態系如此完整，一併收容了離鄉背井的我、我的孤獨。

夜深了，把寢室窗簾拉開，可以看見遠方山影依稀，月光或星辰遙遙映照。每天都期待被陽光叫醒，期待趕快敲鐘上課，與我親愛的學生一直聊天。早上進辦公室，常有學生在我桌上放一堆早餐，留字條叮嚀我要吃飽。東海岸生活六年，也曾遭遇嚴重的感情波瀾，甚至覺得這世界再無可留戀。然而學生對我的期待、關懷、體貼，抹去我那些不健康的厭世念頭，不再覺得生活是一場欺騙。

初任教職的我，熱情過剩但是經驗不足，唯一值得驕傲的，是那一塵不染的真心。在「我與你」的關係裡，相互定義，彼此對話，我漸漸被教學工作重新塑造。慢慢理解自己的幸福經濟，勞心勞力的代價除了月薪三萬五，最貴重的報酬是擁有情感支持，真誠的陪伴。那時的現場，比較簡單清明，沒有太多評鑑表格，也沒有各種置入性的政策宣告。各安其位，所做的能讓自己安心，這樣就夠了。

陪學生晚自習的時候，我看著自己的書，偶爾寫一些文章。晚自習結束到就寢這段時間，常有學生找我傾訴。坐在沒有光害的操場，我們仰望星空，未來好像很近又好像很遠。工作不到半年便買了小房車，辦汽車貸款需要兩名擔保人，學務處的資深同事二話不說，立刻幫我簽名搞定。之後償還助學貸款，也是在同事協助之下一次清償。只是，這世界當然不會沒有惡意與攻擊。六年之間，我習得了趨吉避凶之道，明白人際的親疏遠近強求不來。但願從今而後，只為喜歡的人做值得的事，遠離那些會傷害自己的人。

生為男性，我很珍惜……

教育工作最有趣的就是面對生命的可能，一顆顆種子經過澆灌，終會長成屬於自己的樣子。這過程藏著一些生命的祕密，而我衷心喜歡對生命保持好奇。離開東海岸已經十年多，教材愈來愈熟，經驗愈來愈豐富，我變得不那麼尖銳，更謙卑、更寬容地看待體制。同樣的經典教材，年復一年打磨著我的心性。為了教學所做的功課愈多，最大的受益者其實還是自己（寫作似乎也是如此）。與其說我的學生依賴我給予他們什麼，不如說我一直依賴著學生對我的信任，才能一直保有自在和任真。

最近這幾年常跟畢業的學生相約出國遊走，很享受師生關係變成遊伴的情義。有幾次是學生安排好行程，問我要不要跟，我也樂得輕鬆，將瑣事都交給他們決定。我最美好的男性情誼體驗，都發生在校園。高中讀男校，後來在中學任教，男性的義氣之交，可以性命相見，也可以雲淡風輕。從高中到現在，我還是一樣直來直往，維持著男孩們相互嘴炮、彼此吐槽的優良美德。垃圾話裡有真情，即使多年不見，重逢的時候把酒言歡，本心自然而然出現。已經畢業的導師班男孩三不五時辦聚餐，一有空就相約回母校閒晃打球，群聚時大而化之百無禁忌，足以把日常生活裡的細瑣煩悶沖刷殆盡。

男性世界的生存競爭總是好勇鬥狠，男性氣質常被成就焦慮捆縛，我也常陷入一事無成的不安之中。多虧身旁這些成就非凡的學生，證明我所做的一切並非徒勞，我只要好好欣賞他們的成就，這樣就很好了。

在自己的現場，看多了鞠躬盡瘁的故事之後，或許該想想屬於自己的一套幸福經濟學。生活是艱難的嗎？似乎是，但似乎也未必。選擇用怎樣的心境過怎樣的生活，那才是人生的大難題。像我這種讀文學院的男生，年輕時常常被問到出路如何，那些問句裡的出路往往不涉及理想是否崇高，而是關切能否養得活自己。其實，在我們的社會，掙得一口飯吃並不難，艱難的是謀生這宗交換是不是甘心，能不能換來喜悅與滿足。幸福經濟學，關鍵在於選擇。我不太喜歡跟滿嘴選擇障礙的男性相處，他們事前反覆猶豫，事後總是懊悔，連選擇晚餐吃什麼都要躊躇一兩個小時。

面對重大抉擇，我不是不害怕，只是慶幸自己幾乎沒有選擇障礙。想吃哪一口飯，想跟誰一起玩，想怎樣過日子，選錯了頂多重新來過。米蘭・昆德拉在小説裡説的，幸福就是渴望重複。我服膺蒙田的理念：「如果容許我再過一次人生，我願意重複我的生活。因為，我向來就不後悔過去，不懼怕將來。」

想像著二〇二〇年八月，教學生涯滿二十年，我希望留職停薪兩年，暫時離開職場，花時間陪伴我最親愛的家人。在這段期間潛藏悠遊，蓄積能量，享受一下沒有經濟壓力與工作使命的好日子。這或許可以成為另一個幸福紀念日。

少年遊——仁武、大社、文學夢

被命運選擇的文學少年

臥虎山上，獅龍溪旁，這是我讀書識字以及雀躍奔跑的地方。

冬至之前回到烏林國小，過於暖熱的陽光讓我脱去外套，微微地發汗。我童年時的教學建築已經悉數拆除重建，唯一不變的是升旗台的樣子，莊重樸實沒有多餘的裝飾。升旗台後面，隔著獅龍溪就是我家的田地。仁武焚化爐就蓋在我家田地旁邊，興建之初曾引發地方上大規模的抗爭行動。當時政府決定把焚化爐建在國小附近，讓家長們憂心不已，於是號召村民帶著學童走上街頭，這也是台灣第一次有國小學生罷課參加集會遊行。抗爭事件或許早就被淡忘了，焚化爐的煙囪則持續地對著天空吐氣。

人口外流加上少子化的影響，烏林國小分校業已裁撤，校本部這裡的學生數也幾乎減半。走到操場上，托兒所的小小孩好奇地看著我，我也好奇地看著他們。不禁疑惑，在工業區與農村交界長大的我，究竟是怎樣被命運選擇，成為一個喜歡書寫的人？那個神祕的起點在哪裡？

國小校園裡的許多事，我已經不太有印象了。然而始終記得，那一間由空教室改裝而成的圖書室，平時不開放借書，但每周的閱讀課可以讓我們進去自由看書。我們在地毯上或坐或躺，禁止交談，自由地選擇自己想看的書。不知不覺，當時間過去，我們也就長大了。

有人問我，仁武有哪些文學地景或是相關的空間書寫嗎？

我只想到沈臨彬《方壺漁夫》裡的一篇〈烏林村〉。沈臨彬過客匆匆，筆下充滿癡狂的愛意，他一九六五年五月十三日的手記如此敘述：「幾乎觀音山一帶都是如此，一波接著一波，非常之女性的山，上面栽滿了菠蘿、木瓜、荔枝。唯一談得上的就是坐的這列樹林，由水庫引伸，兩旁是高大的鐵刀木，構成一拱形的長廊，連綿七、八里。」一年輕的詩人在南方村落裡寫下抑鬱，以及對遠方情人的懷念。他眷戀的對象頗多，或許還渴望著靈與肉的緊緊交纏。《方壺漁夫》是高中時伊送給我的，在書裡我看到許多自己曾經想說但沒說的話。在那個手寫信的年代，我一有空就給伊寫信。如今還是很想念那種每天有好多話可說的狀態，寫作不為什麼，只為滿足日常生活之所需、愛情之所需。

昔日的仁武鄉，一群同齡朋友每天一起搭公車到高雄市區上學。H、P和我常在車上一起閱讀，交換彼此剛剛寫好的文章。P住在我家附近，從高中時期開始以幾個筆名寫長篇言情小說，迄今應該已經寫了上百部作品。她的中文打字速度飛快，敲打鍵盤的速度幾乎與思考同步，曾是全國中文輸入競賽的佼佼者。當年我投稿全國學生文學獎的作品，都是她幫我打字的。

P最近在仁武買了新房子，小說創作停了一陣子，正打算重新開始。而我的童年空間景象已經逐漸消失、變異，就連三合院舊宅也即將拆掉重建。

日常生活的聖與俗：觀音山、大社果菜市場

在我讀小學的時候，獅龍溪乾淨清澈，還沒被工業廢水汙染，附近有幾處養鴨人家。我家田園緊鄰溪畔，家裡飼養的牛羊可以帶到這裡吃草喝水。祖父依循時令種植作物，竹筍、芭樂、荔枝、玉米收成的時候，我常陪著叔叔把農產品運到大社果菜市場批發販售。往往天還沒有全亮，蔬果就採收完畢，趕早送到市場整簍整簍批發。睡眼惺忪的我，還沒看清楚出價喊價的過程，赫然早已銀貨兩訖，可以收工回家了。蔬果銷售完畢，有時還得回到烏林市場的攤位幫忙賣早餐。

媽媽的早餐生意做得極好，靠著海產粥、肉燥飯、蚵仔麵線撐起一家生計。清晨五點出攤，十點收攤，她的手藝照顧了附近的眾多勞工與學生。收攤之後，她獨自開車去仁武、大社採買食材，日復一日地在湯湯水水間憂勞周旋。我升國中之後，為了趕早班公車，比較少去攤位上幫忙，只有偶爾在假日陪著媽媽買菜。媽媽給零用錢的方式，是讓我自己拿，拿多拿少自己決定。看媽媽工作那麼辛苦，我除了買書買音樂卡帶的錢，其實也不太敢多拿。我猜想，或許媽媽給的不是零用錢，而是全然的信任。

這幾年回高雄老家，常和媽媽、姪女一起逛市場，一起去觀音山大覺寺拜拜。生活就是這樣，要有世俗、也要有神聖。我很喜歡日本學者鷲田清一寫的《京都の平熱：哲學家眼中的京都小日子》，他這本書用一條二〇六公車路線貫串成長記憶，編織自己從小到大的京都生活經驗。他的心得是：「拚命地念書、轟轟烈烈戀愛、開心玩樂，有時也念念阿彌陀佛。哎呀，還真像人生旅途。」

一九九四年春天，到台北參加大學保送考試之前，媽媽陪我到大覺寺拜拜，祈求一切順利。我的心願成真，那場考試影響了往後的人生，拿公費讀書、從事教職，讓我的寫作可以無後顧之憂。

大學二年級那年，我陪媽媽四處看房子，後來選定了大社觀音山腳的透天厝。寒暑假時，我鎮日在自己的房間閉關讀書，到了黃昏便出門去爬觀音山。觀音山是一座小丘陵，並不高聳陡峭，沿著登山步道拾級而上，到了峰頂就可以鳥瞰市塵。這裡以翠屏夕照聞名，名列清朝時期台灣鳳山縣八景之一。

鳳山八景是：「鳳岫春雨」、「龍巖冽泉」、「淡溪秋月」、「球嶼曉霞」、「岡山樹色」、「泮水荷香」、「翠屏夕照」、「丹渡晴帆」。大社觀音山麓有一翠屏巖，據說能藏風聚氣，翠屏夕照指的就是這裡的落日佳景。清代文人對鳳山八景的題詠頗多，民國六十年臺灣省文獻會印行的《臺灣詩錄》從《重修鳳山縣志》裡擷取了不少清代文人的寫景詩作，我曾抄錄過這幾首歌詠翠屏的詩：

翠屏巖上景奇哉，突兀山頭眼界開。紫嶺石疑烏帽落，碧空雲想白衣來。
傾觴可養雙頤暈，對菊還憐百草頹。九日登高人盡醉，不知何處是天台！

——林應運〈九日元興巖登高〉

花縣東境一岫青，晴光晚色映郊坰。聳輝晶壁懸雲障，列燦圖書展畫屏。
宿鳥投來斜點影，浮烟飛度淡留形。登臨為愛清輝好，幾度遲歸欲戴星。

——林夢麟〈翠屏夕照〉

殘陽當返照，紫色滿山屏。石壁含餘耀，層崖入暮青。
光連雙翠岱，影倒小邱亭。樹色看明滅，巖光入渺冥。

殘烟閒度晚，歸鳥倦舒翎。可是關荊畫，披圖映典欞？

——柳學鵬〈翠屏夕照〉

日落滄江好，揮戈射翠屏。半規誰點綴，孤幛讀娉婷。

殘照浮金鏡，斜陽篆玉硎。閒來欣晚對，凭几拾餘青。

——黃夢蘭〈翠屏夕照〉

這些題詠翠屏夕暉的作品，大多有固定的寫作套路，旨在描摹景色並且抒發閒情逸興。暮色蒼茫，山影綽約，唯有得閒的人可以賦詩遣懷。不管在怎樣的時代，能夠登覽丘巒、能夠欣賞夕陽之好，想必過的是衣食無憂的好日子。讀了這些詩，再看看眼前的景色，當下恍然明白，原來這座山、這片夕照在很久很久以前就被深深地喜歡過了。

大社鄉先輩吳宏一先生曾經在文章中提到，讀台大中文系大二時曾修習「詩選及習作」，那門課由葉嘉瑩老師講授，當時教本選用的是戴君仁老師所編的《詩選》。吳宏一從中學起就喜愛古典詩詞，除了背誦經典名篇之外，早已嘗試古典詩創作。他在大學課堂聽了葉嘉瑩老師講詩，便將一首描寫故鄉觀音山翠屏巖的七律私下呈給葉老師。不料葉老師下一堂課就把這首詩抄在黑板上，逐句加以評析。葉老師沒有指名作者是誰，只說是課堂上的同學所作。但因吳宏一生性害羞，當下頗覺羞赧，無地自容。葉嘉瑩老師的慧眼賞識、殷切提點，想必鼓舞了吳宏一年輕的詩心。

我從高中開始寫詩，新舊體都喜歡。後來我漸漸發現，在文學裡，聖與俗可以兩存，理想與現實可以並行不悖。如今觀音山一到假日，就會形成一個小市集。我常和童言童語的姪女手牽手來這裡散步，說一些不切實際的夢，順便買點東西吃。

食物的慰藉：橋邊鵝肉、仁武烤鴨、江西傳藝外省麵

童年時期的飲食經驗，往往形成日後的審美品味。我很慶幸小時候吃的是天然又實在的東西，讓舌頭保持靈敏，持續對這個世界有意見。沒有太早接觸西式速食，是我感到幸運的事。

仁武、大社一帶的農畜產品頗豐，芭樂、蜜棗早已遠近馳名，鴨鵝類食物在近幾年

尤其吸引饕客的注意。家裡想要加菜的時候，我常驅車出門一次購齊。仁武幾家鵝肉攤位皆甚有氣派，菜單上除了招牌鵝肉常附帶有各類熱炒，鵝肉肥美鮮甜分量又足，適合呼朋引伴大啖。橋邊鵝肉的品牌形象經營得相當成功，兼具小吃攤的隨興以及法國情調的包裝，我常購買鵝油香蔥作為送禮之用。

鳳仁路上的仁武烤鴨，是我以往回家過年必吃的。在《慢行高雄》書裡，我特別介紹過，覺得這家烤鴨在同等級的台式烤鴨中最為超值。我從小吃到大，看著它規模日鉅，店家搬遷至現址，數次漲價之後仍然實惠。我以為，台式烤鴨的靈魂在於炒鴨骨架。將骨架與略帶甜味、辣味的醬汁混合九層塔大火拌炒，有豪邁粗獷之氣。

讀國中時，江西傳藝外省麵撫慰了我苦悶的口腹。沉重的升學壓力下，我倚賴食物與寫作來紓解壓力。沒有招牌與店名的麵攤，我們起初稱作外省麵，叫久了似乎就定名了。記得那時只要二十元，就可以吃到一碗有肉片的乾拌麵，如果再貪心一點就會加點鴨翅與滷味。食物所喚起的記憶特別生猛，原因可能是它必須進入身體，或者成為身體的一部分。江西傳藝外省麵掛起嶄新的招牌，但味道完全沒有改變。我帶著不同的朋友學生來吃一碗麵，趁機讓他們認識我那最需要慰藉的青春時光。

如此包裹人生

刻意避開端午連續假期，在節日之後才返回老家。我總也知道，即使錯過節慶，冷凍庫裡還是會藏著我惦念的童年味道。

幼時住家附近稻田遍布，鄉間空地每在稻穀收割之後充作晒穀場。金黃色日光親吻萬物，風一吹來，稻香便四處飄散。巷口有一碾米廠，是村人糴米之處。媽媽在市場擺攤賣早餐，白米需求量頗大，不必親自前去買米，米店會定時派人將我家米缸補滿，月底結清帳款。那段以米食為主的時光，我似乎特別偏愛糯米製品，油飯、米糕、粽子、年糕會在不同的季節出現在我眼前。

比較奇特的是，除了端午必備之外，我們家除夕夜圍爐也一定要有粽子。裹粽子甚是費工，須先取用質地細緻的碧綠竹葉，浸泡清洗乾淨之後備用。餡料豐儉由人，大概有豬肉、香菇、花生、蛋黃、魷魚、紅蔥頭。糯米浸泡一段時間即撈起，快炒之後置放在大盆內。媽媽包粽子，常常邀大姨相助，兩個人邊做邊聊，讓勞動過程不致太枯燥。她們手藝高超，迅速將粽葉捲成漏斗狀，填塞糯米與餡料，不知道用了什麼魔法，粽葉拗折幾下，粽體四角就成形了。再用棉繩纏繞幾圈，打個結，帶有光澤的粽子便懸在空中迎風閃耀。

三合院舊宅有一口大灶，可以同時容納兩鍋。愛湊熱鬧的我負責生火添柴，時時看顧爐火，彷彿也為這個家盡了力。如今大灶已經不用，改以瓦斯大爐烹煮，粽子味道沒什麼改變，但情感上卻總覺得似乎是有一些些不同了。南部的粽子入口較為軟爛、黏稠，帶有竹葉的清香。質感好的粽子其實不必搭配其他佐料，滋味就已經夠豐富了，但我喜歡加點蒜泥、淋上醬油膏，一口一口慢慢咀嚼。小時候有怪癖，不喜歡粽裡的肥肉、花生。那些被我挑出來，沾有口水的肥肉、花生，都是媽媽幫我吃掉。長大後，在異地奔忙，偶爾吃一次粽子，肥肉、花生倒是都可以自己解決了。學生大考前，我必買包子、粽子給他們吃，討個吉利的意思。

媽媽退休後，我要她別太操勞，誰知她還是無法拒絕親友請託，不時接下一些訂單。或許那一串串粽子裡，包裹著所謂的自我實現也說不定。

讓一切安安靜靜——高雄深水觀音禪寺札記

如星翳燈幻，露泡夢電雲。一切有為法，應作如是觀。

——藏譯本《金剛經》

在「看見自己：禪文化生活營」的三天兩夜裡，我心中常常浮現藏譯本《金剛經》「星、翳、燈、幻、露、泡、夢、電、雲」這九種譬喻。那時真像是一個覺悟得太遲的人，忽然看見萬家燈火中有我，一顆躁動的心於是安靜下來。奚淞先生說：「原來此九喻竟然是從不同角度切入、剖析緣起空性的九則象徵。或竟可以說，此九喻就像一串鑰匙，可以破妄顯真、一重重啟開《金剛經》神祕的般若之門。」

高雄深水觀音禪寺的禪文化體驗，讓我明白佛法並不複雜、也不神祕，讓夢幻泡影只是夢幻泡影這樣就好。日常生活裡安然行走坐臥，即是最深密的修行。營隊中，跟隨悟觀法師禪坐，學習如何調伏身心，以照見最真實的自己。此外，聆聽王心心南管樂曲，品嘗陳年普洱、大紅袍，其間感受到那份禪意，既是感官經驗之內，也是感官經驗之外的。喝茶的時候，不禁被茶葉的來歷所觸動，畢竟是陳放五、六十年的老茶了。曾經讀到一段故事，宋代圓悟克勤禪師親手書寫「茶禪一味」，送給從日本來求法的榮西禪師，其後茶禪之道也就隨著榮西傳到了日本。京都最古老的禪寺建仁寺，便是榮西禪師所創建。

有一年夏天，在建仁寺大雄苑坐著，什麼都不想，整個人放得很空，只是默默凝視方丈庭園的枯山水。寺中庭園造景有如一幅攤開的卷軸，靜止的畫面似乎還藏有歲月流動的軌跡，頗能令人息心。午後好風吹拂，幾乎忘了自己身在何處。「一念長寂」的禪定狀態，也許就是這樣吧。

禪庭設計家枡野俊明曾經提到，許多坐擁一切的人最想擁有的竟是空無一物的空間。他的庭園構造理念，真像是一部具體而微的《金剛經》：「要打造一個空無一物的空間，必須先有所設置才行。真的什麼東西都沒有的空間，不過單純是塊空地罷了。」

枡野俊明的造庭之道，以極簡為主：將多餘的物品刪去，少到無法更少。到最後，庭園中僅剩下數顆石頭，「透過推敲石頭的表情，讀取它的心，並聆聽它的聲音，一一將其設置在園中。」我想，如果心是一座庭園，在有與無之間超越有與無，那樣的時刻，只有自己才是心的設計師吧。從「有所設置」去體會「無的奧妙」，這何嘗不是禪的日常實踐？

還記得深水觀音禪寺夜深花睡之際，我抬頭看著夜空。只見雲霧逐漸散去，三兩顆星星出來了。星翳燈幻總是變化無常，外面的世界太過喧囂，來自內在的力量卻可以讓一切安安靜靜。

靜中有味，很多事情，好像只要願意相信就會產生力量。

所有潮濕的記憶——閱讀劉以鬯

這是一個缺乏理性的地方，許多人都在做著不合理的事情。

——《對倒》

所有記憶都是潮濕的。

——《酒徒》

黃金沙漏裡的時間

寫了一輩子，劉以鬯最負盛名的小說是《酒徒》、《對倒》。很多人開始注意劉以鬯的作品，可能是因為看了王家衛的《花樣年華》跟《2046》。王家衛這兩部電影吸收了小說的神髓，卻不囿限於原著，創造出一個迷人的影音境界。王家衛的影像，似乎是在跟作家致敬。

在《1918》紀錄片中，自有時代的照耀及其陰影。劉以鬯熱愛集郵、陶瓷、模型以及買明信片，我們從癖好或許可以看出作家個性，這些物件提供安靜而孤獨的情境，與它們的主人對望，陪伴主人度過悠悠歲月。劉以鬯產量驚人，一天可以應付十多家媒體的稿約，壓力之大可想而知。他寫稿時，會在桌上擺放模型，想休息的時候就拼裝一下模型。休息夠了就回到現實，面對稿紙辛勤耕耘。我揣想，文字的堆積不也像是組構模型，收攝一個具體而微的世界？

每天每天，我們面對物質所構成的現實，希望自己的情感有家可歸，希望自己的感覺舒服愉悅。或許可以這麼說，依戀怎樣的物質，就正足以顯示自己是怎樣的人。拍攝《1918》的過程，劉以鬯收到許多別具意義的生日禮物，其中一份是沙漏。送這份禮物的意思是，沙子漏盡、時間流逝之後，倒轉沙漏就可以逆寫時間。我生日也收過沙漏，錐形玻璃瓶中裝著黃金沙粒。依憑沙粒流瀉來計算時光幾何，兩個圓錐形玻璃形成對倒，彼此依存也彼此承擔。

黃金沙漏裡的時間，不會多一秒，也不會少一秒。《酒徒》、《對倒》裡意識流動，突破了線性敍事時間的框架，重新設定了時間感。正是這樣的時間感，讓我深深著迷。

人與人的間接關係

《對倒》有兩個版本：一九七二年的長篇和一九七五年的短篇。

張曼玉、梁朝偉主演的《花樣年華》概念來自於《對倒》。只不過小說中的女主角是少女，電影裡的女主角是熟女。王家衛直接採用《對倒》裡漂亮的句子，在大銀幕上呈現：「那些消逝了的歲月，彷彿隔著一塊積著灰塵的玻璃，看得到，抓不著。看到的種種，都是模模糊糊的。」沒出路的感情轉眼成空，影片尾聲梁朝偉去了遙遠的吳哥窟，對著樹洞訴說無可告人的事。

《對倒》的設想來自於小說家集郵的興趣。對倒是郵票學詞彙，指的是一正一負的雙連郵票。小說以雙線結構進行，猶如對倒郵票。中年男子淳于白與少女亞杏相遇，是城市裡常見的人際關係——擦身而過，人與人偶然交會旋離分離，帶著各自的心事走進未來。淳于白與亞杏彼此打量對方，其交集不過是一場電影的時間。他們都懷抱強烈的孤寂，各自承受經濟與慾望的重量，不同的是，淳于白背負著回憶討生活，亞杏則活在自己的的想像裡。

淳于白眼前（一九七二年）的香港，人口四百萬，許多舊樓已成摩天大廈。二十幾年前聖誕前夕，他從上海來香港，上飛機時穿著厚重的皮袍，下機時見到許多香港人只穿一件白襯衫。即使聖誕前夕，仍有人在餐桌邊吃雪糕。當年長江以北戰火延燒，淳于白歷經時局動盪與金圓券狂潮，之所以選擇移居香港，理由是港幣相對穩定。他初抵香港時，一美元可兌六港元，當前只能換到五點六二五。

少女亞杏一直幻想能中馬票，快活過日子，穿漂亮衣服，引起男人的注意。她還想要進電影圈拍戲，變成另一個陳寶珠，或者去夜總會唱歌，變成另一個姚蘇蓉。劉以鬯的筆墨對位精準，往往正反相成，當亞杏「脫去衣服，站在鏡前，睜大眼睛細看鏡子裡的自己」，淳于白正好在「凝視鏡子裡的自己，想起了年輕的事情」。鏡像內外，真假虛實交錯，小說折射出的真實是：但為金錢故，港人自我異化、物化，搶案發生時善於袖手旁觀，他們懷著投機心理炒股炒樓、賭狗賽馬，證明了每一種活法各有不幸。

劉以鬯的《對倒》表達「人與人之間的間接關係」，以形式呼應主題意識。小說結尾安排兩隻麻雀同時飛起，一隻向東，一隻向西，象徵意味濃厚。大千世界充滿無盡的對倒，不管怎麼選擇，人生的底色充滿遺憾、無奈與哀傷。淳于白常做的事，是「給記憶中的往事加些顏色」，這可能也是我進入中年之後常做的事。

所有潮濕的記憶

王家衛拍《2046》引述《酒徒》裡的警句：「所有記憶都是潮濕的。」影片中梁朝偉、章子怡熱烈交歡，然後各懷心事度日。梁朝偉飾演的作家，與小說裡的酒徒相似，以寫作支撐現實，靠買醉逃避現實。意識流小說容易淪為喃喃自語，讓讀者在紛亂的情緒枝節裡迷路。《酒徒》輕易地避免這些缺陷，在看似散漫實則苦心經營的手記結構下，直接讓酒徒的感覺說話，而且說得層次分明。中年男性的苦悶，和金錢、情慾脫不了關係。華文現代文學裡，寫城市生活最玲瓏剔透的當屬張愛玲，最直接坦白的則是劉以鬯。小說家敏銳的感官直覺遇取了城市經驗，在作品中表達了自己對城市生活的意見或預言。

一九六三年出版的《酒徒》被譽為中文世界第一部意識流小說，但劉以鬯顯然比較滿意《對倒》。《酒徒》裡，劉以鬯下筆清醒冷靜且帶有詩意：「生銹的感情又逢落雨天，思想在煙圈裡捉迷藏。推開窗，雨滴在窗外的樹枝上霎眼。雨，似舞蹈者的腳步，從葉瓣上滑落。扭開收音機，忽然傳來上帝的聲音。」

「現實是世界上最醜惡的東西」，於是酒徒必須藉助酒精，進入一個非理性的世界。劉以鬯著眼於角色的心理狀態，刻劃一位鬻文為生的男性作家（也許是自我投射），行文不忘捍衛自身的文學觀：「詩是一面鏡子，一面蘊藏在內心的鏡子。它所反映的外在世界並不等於外在世界。這種情形猶之每一首詩旨含有音樂的成分；卻並不等於音樂。」男主角在追尋理想和自甘墮落之間往復擺盪，往往只需一杯酒的代價就輕易出賣了靈魂。就算典當鋼筆買酒喝，亦是在所不惜。酒徒與朋友麥荷門不斷辯論：從事純文學創作在商業市場裡究竟有沒有前途？寫作者該不該向現實低頭？

遁世和厭世情懷，頹廢迷離的氣氛，構成小說的基調。劉以鬯所追求的書寫美學，是以現代化中文作為表達形式，實踐文體的創新，探究現代人的存在難題與心理面貌。劉以鬯說：「文學作品必須具備應有的藝術性。文學作品不應單以表現外在世界的生活為滿意，更應表現內在世界的衝突。」於是感覺結構成形，記憶可以潮濕，而「現實像膠水般黏在記憶中」。但唐諾〈尋找劉以鬯〉寫道：「《酒徒》則是劉以鬯的耍廢日記。⋯⋯《酒徒》的文字隨機截取都文青到不行，而且是非常台式的文青，劉以鬯這老人家根本是我們文青的教父。」我倒以為，劉以鬯是很有紀律絕不耍廢的，不嗜杯中物的作家寫《酒徒》，想像力真是驚人。

《酒徒》塑造的時空背景下，武俠小說與黃色小說當道，在現實與理想之間掙扎的作家，一邊煮字療飢一邊自我麻痺。生活好像是一場虛幻絕望的夢，麥荷門勸酒徒為了理想而寫，酒徒卻懷疑繼續生存還有什麼意義。憤世嫉俗的酒徒說，寫第五季、第十三月的壞詩人太多，「結集在一起，專向子宮探求新奇，終於成為文壇的一個幫派」。我屢屢發現，書中的醉生夢死並不浪漫，一派莊嚴偉大的文學使命可能才是劉以鬯的真心話。

《酒徒》給了我們一個悲傷的結局（真像張愛玲筆下的佟振保），發誓從今天起戒酒的男主角，傍晚時分又去喝了幾杯白蘭地。讀到最後，我彷彿明白了，把自己放錯了位置，把感情放錯了位置，把記憶放錯了位置，才是懊悔與痛苦的根源。

驀然回首——觀《奼紫嫣紅開遍》紀錄片

情不知所起，一往而深。

——湯顯祖《牡丹亭》

閱讀白先勇的小說，許多人注意到其中的悲憫同情，那樣的不忍人之心化為文字，讓文學承載美好的感情質地。紀錄片《奼紫嫣紅開遍》裡，亦沿此脈絡一一敍述作家的生命經驗，正因為情之所鍾，白先勇寫小說、辦雜誌、推廣崑曲藝術，忙得不亦樂乎。他的眼神晶亮而篤定，對他所遭遇的世界報以慈悲。最讓我動容的畫面是，他窮盡心力為父親白崇禧將軍撰述傳記，追尋那些無法輕易抹消的歷史記憶。之所以孜孜矻矻，其用心一如《台北人》扉頁題詞所說的：「紀念先父母以及他們那個憂患重重的時代」。

大時代一逝不返，青春亦然。

白先勇作品中有老去的國族與貴族，也有青春勃發的小鮮肉。《牡丹亭》裡的「如花美眷，似水流年」，《紅樓夢》中的青春大觀園，或許曾引動了白先勇對青春的鄉愁。所謂鄉愁，是在當下遙想他方，無法企及、無可回返所造成的遺憾傷感。闊別數十年，再回到桂林童年現場，白先勇只能用食物撫慰自己。飲食果然最能療癒鄉愁，滋潤當下人生。只是我們永遠不知道，凝視那回不去的年少，感慨萬千又該如何卸除？

憂喜交參的人生，總有些賞心樂事值得眷戀。白先勇筆下的漂泊流離、無家可歸之狀，實在怵目驚心。家是庇護，也是依歸。在加州隱谷布置的人世安宅，容或是白先勇憂勞歲月裡最詩意的棲居。自己的屋子裡，他安靜地閱讀寫作，獨有一份歲月不驚的寧定。當他佇立在庭院，一派恬淡悠然，園中有繁花翠葉相伴，巨木的榮枯卻暗藏命數，那畫面儼然是〈樹猶如此〉裡描摹的景色。面對鏡頭，白先勇毫無閃躲，緩緩吐露人生關鍵字：友誼，愛情。不禁讓人想起《世說新語》裡，桓溫攀枝執條泫然流淚，說著悲傷的話：「木猶如此，人何以堪？」

然而無法承受的，終於還是承受了。

私自揣測，克服滄桑感最好的方法，或許是追求更積極的意義，以證明此生不虛。斯文的面容和語調背後，我怎麼都覺得白先勇很堅忍、很剛毅。排演《牡丹亭》、開講《紅樓夢》，莫不出於苦心孤詣。我一直將青春版《牡丹亭》簡稱為白牡丹，是白先勇使這齣古老戲碼有了鮮活的生命力，成功培養新一代的演員與觀眾。白先勇曾經表示，文學教育就是情感的教育。追憶似水流年，白先勇將眷戀之情拿來抵擋時間，也為他自己的時代塑型。如果沒有記憶，就沒有能力意識到什麼已經失去。因為記得，因為念念不忘，不想丟失的事才一直停留在時光裡。什麼是重要的？什麼又是不重要的？轉身回眸，或許就知道了。

我很喜歡《姹紫嫣紅開遍》的結尾，白先勇驀然回首，彷彿看見了什麼……。

身體所記得的……——讀黃羊川《身體不知道》

時光深處，感覺開啟。詩人黃羊川首部散文集《身體不知道》裡，呈現的是沉鬱內斂的時光命題。那些藏在時間深處的事件，一一在文字中現形。他筆下那具會哭會笑的身體，朝著世界與他人敞開，毫不遮掩地剖白自己。那樣的敍述腔調頗有幾分懺悔錄的味道，亦頗類《荒人手記》中的荒人，力圖證明肉身覺醒的千差萬別。

黃羊川寫青春似乎也帶有醚味，他讓自己置身邊緣地帶，召喚、拼貼人生中的種種不堪。暗中萌動的情慾，正好與死亡意識形成對映。敍述者執迷於記憶，辯證存在與遺忘：「止住的傷口溢血處有鐵，我們攜著生鏽的身體長滿回憶，但我們都知道，我們也都拚命告訴自己，我不是有錯的那個。」作為一個「愛與離去練習者」，他不斷自我探勘、自我挖掘，讓傷痛顯露，以疤痕示人。那其中想必有一股篤定的勇敢，甚或是有種自討苦吃的快感，痛（快）感的享用於是成為黃羊川鍛鍊書寫技藝的重要主題。書中最精彩的幾處，他以光圈、快門等攝影用語比喻愛情狀態，且頻頻提出「再一次好不好？」諸如此類問題，但似乎永遠找不到答案。所謂愛情的時間性大抵如此，可一不可再，唯有此人此時此心而已。不難看出，黃羊川談論愛情的時候，總是帶著幾分悲觀。其實身體已經證明，再怎麼新鮮生猛的身體都將成為廢墟，亦將成為時間廢墟的一部分。

〈潮濕的記憶〉一篇，題目或許暗用了劉以鬯、王家衛的典故——「所有記憶都是潮濕的」。此篇寫情人的背叛，相當具有張力。愛情之幻滅，恰似拍壞的照片，「照片裡的人看上去很模糊，背景像在流淚。」在愛情關係裡，散文敍述者使用獨白文體交代個人的體驗，一方面彰顯了身體的孤獨與孤絕，一方面彷彿也暗示了溝通的無望。一場又一場無出路的感情，讓敍述者恍然領悟：「但這不就是經驗的本質？只有身在其中的人，才明白恐懼與征服的喜悅。」一切愛與痛、感覺與體驗，不就是因為身在其中了？《身體不知道》講的可能是反話，事實上身體都知道、身體都記得，身體也會認人。通過記認與選擇，黃羊川於是確立了自身的散文書寫美學。

純真與新鮮——讀焦桐《蔬果歲時記》

在異國旅行時，我喜歡逛各種市場，採買生鮮蔬果回住處享用，總覺得這樣才有過日子的感覺。新鮮蔬果最能反映當地風土與時令，也最能讓旅人透過嘴裡的味道認識一方水土。如今交通運輸日益便捷、保存方式更加進步，想嘗到遠方的滋味變得容易許多。有一次在國外看見台灣荔枝，雖說是產地直送，只是長途運輸之後果皮已經略顯焦黑，對此不免還是有幾分感傷。某些美好的滋味可以延續到飄洋過海以後，有些東西必須現採現吃，唯有此時此地才能嘗到對的味道。台灣水果外銷曾創造經濟榮景，水果王國的美名不脛而走。香蕉王國、鳳梨王國這些名稱，幾乎成了另一種台灣標記。

每一原生種、外來種的花果樹木，都與台灣的地理位置、歷史文化因緣息息相關。胡德夫〈美麗島〉歌詞這麼寫著：「我們這裡有勇敢的人民／華路藍縷以啟山林／我們這裡有無窮的生命／水牛、稻米、香蕉、玉蘭花」我們或許可以從物種辨識台灣，蠡測這片土地的生命強度。

閱讀焦桐的《蔬果歲時記》，真覺得這是一本食育之書。詩人對蔬果的愛戀之情，與敬重土地的心意，其實是一體兩面。焦桐做足了功課，從蔬果品類與特性聯繫到台灣歲時節令，並且一一考究歷史文化，完成了這一部讓舌頭恢復純真的書。所謂恢復純真，乃是因為台灣教育向來不重視飲食，千奇百怪的加工方式致使味覺受到蹂躪。採取自然農法耕種的台灣蔬果，有一股本真天然的氣味，這才是讓人安心的力量。二〇一六年台灣美食展主題訂為「純真食代」，大概是因為前兩年歷經食安風暴，國人已經意識到飲食教育刻不容緩。於是，美食展中的在地食材呈現，「食之育」展區的策劃，在在都與本土生態環境密不可分。值得進一步思索的是，本土糧食自給率不足的問題，可能造成國安危機。

《蔬果歲時記》提到的高雄耕種經驗，讓我不斷想起自己的童年與青少年時光。我的祖父曾在日本會社裡付出了青春與勞力，成家後購置田產種植果蔬，他常掛在嘴邊的話，正是焦桐寫甘蔗時提到的：「第一憨，種甘蔗乎會社磅。」昔年我高雄老家的種作頗豐，甘蔗、荔枝、芭樂、竹筍各有其時，蔬果以「著時」最美，暗藏天地四時變化的道理。最怕的是颱風與寒害，長久的心血可能付諸東流。可嘆的是，農家子弟如我，對土地、對植物的認識太貧乏，加上四體不勤，遂離土地愈來愈遠。幸虧有《蔬果歲時記》，為我們記下了台灣的土地倫理，以及按照節氣次第報到的各樣蔬果。焦桐此書以深厚的知識體系作為背景，又能洞察人情之幽微、命運之無常，台灣風物之大觀，均於是乎在。

我尤其喜歡書中描述南瓜、野蓮、青梅的這些篇章，看似信手拈來，實則都是豁達通透的人生體悟——從南瓜寫到自己的遭遇，藉野蓮交代友情的安靜淡薄之美，透過青梅暗示生命中的酸澀寂寞……，這樣的散文確實已臻化境。然而在書中焦桐幾番感嘆：世事無常如此。那或許是因為美好的蔬果與情感皆值得眷戀，所有的純真與新鮮值得在記憶裡妥善珍藏。

信以為真——看見楊德昌

建中青年社曾經辦過一場楊德昌電影講座，邀請楊照來為高中生導讀楊德昌的作品。當時設定的主題是《一一》，想不到楊照一開場就說他沒看過《一一》。在他的認知裡，看電影這件事不單是接收影像訊息而已，進戲院去看大銀幕才算是看電影。《一一》至今（沒在台灣）上過院線，我手邊僅有的ＤＶＤ是學生從香港幫我帶回來的。暗夜的演講堂裡，我記得楊照談論楊德昌的電影藝術，關鍵字是：精準。每一分每一秒，每一個笑容每一滴眼淚，想說的與能說的，都恰到好處的那種精準。幾乎沒有失手地，讓看電影的人信以為真——那真的就是人生了。

建青後來找到《一一》的小男主角洋洋（那時已經是高中生了）進行訪談，我在旁邊聽他們聊電影、談生活，不時分心去想像這些青春男孩長大後的樣子，會不會變成劇中的歐吉桑吳念真？

我讀高中時第一次看楊德昌的作品，那是一九九一年的《牯嶺街少年殺人事件》。四小時左右的電影，我屏氣凝神，乖乖地被電影敍事節奏控制。少年小四（多麼清純無辜的張震）的苦悶，代言了那已然逝去的時代，也讓我得以寄託哀愁。如果說為愛殺人是罪惡的，那麼我何其願意相信，絕望是更終極的罪惡。再怎麼努力也得不到的愛情，永不可能改變的世界，在在滋長了絕望，加速了毀滅。走出戲院的時候，我長長嘆了一口氣，用蔡藍欽的歌詞安慰自己，「我們的世界，並不像你說的真有那麼壞」。

十多年後看到《一一》，片長三小時的台北人生彷彿陷入更細密的網羅。哀樂中年，逃無可逃。生命朝著唯一的出路，更有意義或者更無意義地前進。《牯嶺街》的青春徬徨，一晃眼成為孤絕無比的《一一》（A one and a Two）。《一一》以婚喪喜慶串連了都會裡的人際關係，其中愛恨交織，其實誰也無法理解誰。婚禮、滿月酒、葬禮……，種種儀式的總和幾乎就是一生了。只是，有人的地方就有情感牽扯，有人的地方就有衝突。影片裡小男孩洋洋說了這麼一段話：「你知道我以後想做什麼嗎？我要去告訴別人他們不知道的事，給別人看他們看不到的東西。」多麼像是楊德昌的從影自白。

以男童之眼洞穿人情世故的無奈，未免太過睿智老成。楊德昌舉重若輕，將生離死別的故事說得處處機鋒，相當節制地流露遺憾與悵然。在這個世界，有人老去、死亡，有人成長、茁壯，有人悲欣交集，有人默默無語。而我對眼前所見，只要繼續信以為真，就可以了。

二〇一六年十月十八日

天然去雕飾——讀林文月《文字的魅力》

或許有許多讀者跟我一樣，都是從中學課本選文認識林文月的創作，此後便隨著林文月的敍述，從古典散步到當代，豐富了自己的生活。讀文學的人常常浮想聯翩，神遊於物外，得以暫時掙脫現實的束縛，進入到一個充滿美感的世界。那種美感經驗可以讓情感安頓，讓思想自由，讓靈魂喘息。所謂文字的魅力，是因為透過符號傳遞了思想與感情，獲得妥善而美麗的溝通。文學好像是一種編織的藝術，字詞、句子、段落經過作者的巧妙組合，顯現在我們眼前。而那些隱藏在文字後面的心心念念，我們稱為言外之意、弦外之音。如果可以透過已經顯現的，發現那些可能隱藏的，文字將不再只是實用的溝通工具而已，而是人與人之間精神交流的證據。

林文月的文字世界有相當豐富的面貌，她學習思考的歷程、生活經驗與體會，並且毫不吝惜地分享給讀者。《文字的魅力》全書分為三卷，統括了她長年的寫作經驗。關於「文學研究」、「散文創作」、「文學翻譯」的生涯，她是這麼說的：「文學研究的文字，務求其順暢達意，避免迂迴晦澀，以讀者能夠清楚掌握其旨為宗；散文創作的文字，視其內容而定清約或華飾之匹配準則，不妨彰顯作者的個性特質；文學的翻譯，則恰與創作相反，須得看文字且聽文字，盡量抑制自我，唯原著之風格特性是遵循。」她將不同類型的寫作模式區分得非常清楚，恰如其分地展現書寫語氣，形成了風格。

這本書副標題是「從六朝開始散步」，敍述節奏真的像是在散步，穿越漫長的文學歷史，從容自在地邊走邊看。作者個人的悲喜總是淡淡的，筆調內斂節制，語氣和緩而優雅。我很喜歡書中幾篇談古典詩的文章，林文月不強作解人，只是嘗試貼近另一個時代處境，揣摩寫詩的心情。於是，她從潘岳、陸機的詩推結出「南方意識」，在陶潛〈責子〉詩裡感受到父子之間的親暱情感。此外，林文月對翻譯工作的回顧也令人動容，中譯《源氏物語》、《枕草子》的過程漫長而艱辛，她卻毫無自矜之情，表示那是須盡一己所能的使命感而已。如果知識可以讓生活更美好，林文月的散文無疑是絕好的印證。

學者散文最吸引人的地方，大概是品味與洞見。林文月的散文創作自成一格，那絕非偶然可致。必須調和學識與創造力，才能有《京都一年》、《飲膳札記》、《擬古》這樣的作品。《文字的魅力》裡，林文月現身說法談散文的經營，剖析〈翡冷翠在下雨〉的構思運筆，隨著導遊參觀翡冷翠，一滴落在手錶上的雨竟能串連起歷史文化的重量，確乎是神來之筆。至於〈漫談京都〉、〈八十自述〉、〈記一張黑白照片——懷念莊慕陵先生〉、〈我所不認識的劉吶鷗〉諸篇，不管是寫物記人或是透露生活閱歷，其中情味皆有如橄欖，耐人咀嚼。那些看似沒有刻意雕琢的文章，具備上乘散文的藝術特性，言之有物且言之有序，沖淡自然，餘韻無窮。「清水出芙蓉，天然去雕飾」，也許正是林文月散文的魅力。

從遺憾到完整——與朱國珍談《半個媽媽半個女兒》

真心想做兒子的「媽媽姊姊」

身分與稱謂的改變，很容易影響一個作家看世界的方式，也很容易促使一個作家的書寫方向產生變異。朱國珍在《半個媽媽半個女兒》裡檢視自己的身分，以家庭故事為主軸，書寫個人的境遇。書中分為「媽媽」、「女兒」、「半個」三輯，敍述為人母、為人女以及做自己的甜蜜與苦澀。朱國珍早期以小說成名，近幾年擒獲新詩、散文大獎，以不同文類展現過人的才華。她很謙虛地說，年輕的時候沒有自信，老了才願意寫散文這種掏心掏肺無法偽裝的文類。

總是在兒子面前調皮地說要做「媽媽姊姊」的朱國珍，最感謝的是天性樂觀的兒子，為尋常生活帶來輕鬆幽默。兒子曾對媽媽說：「妳做的炒飯天下第一好吃，只要不加核廢料。」養育孩子的過程，或許最能讓人看見自己的不完整，也最能讓一個人變得完整。

從遺憾到完整

寫散文的艱難，在《離奇料理》中已經全部遭遇過了。中年以後，人情世態經歷多，自然有好多題目可以寫。只是難在無法直寫親人，一旦選擇以至親作為書寫對象，便會遇到不得不碰的禁忌。過去未曾著墨的「母親」，到了《半個媽媽半個女兒》才有比較清晰的面貌。

寫〈半個媽媽半個女兒〉時，朱國珍檢視自己的成長經驗，坦承從小就渴望有個對象可以對話。在她的童年記憶中，長年缺席的母親似乎沒說過溫暖的話，沒牽過她的手，也沒抱過她。二十歲那年遭遇挫折，想進教堂禱告，不料教堂大門緊閉。這種被遺棄的感覺，和母親離家出走的童年創傷結合在一起，成為朱國珍青年時期內心深處最沉痛的憂鬱。中年以後，母親與她一起上教堂，詩歌聖樂滿盈之時，母親握住她的手，她掉下眼淚，從九歲走到四十九歲，終於感受到母愛。

因為經歷過遺憾，朱國珍期許自己，不讓同樣的事情發生在下一代身上。岡田尊司曾經指出，人的根本存在狀態、人際關係的糾結，都與「母親病」有關。他在《母親這種病》裡如此剖析：「當孩子可以原諒父母的時候，孩子對自己、對任何人，最終都可以獲得很大的肯定，對人生也可以感到充實、滿意。」「因為一直恨下去，就是懷抱著否定活下去。沒有什麼事情比被重要的人否定來得悲傷。」真正啟發朱國珍重新感受愛的能量，是朝夕相伴的小情人，兒子心智成熟有時更像她的父親。在生活遭遇困境，朱國珍極度躁鬱時，兒子總是原諒她的咆哮，反過來安慰：「媽媽不是生氣，她只是很鬱悶。」這樣的純真化解了一切怨恨，用善良扶持軟弱，是兒子教會媽媽的功課。

面對人生，從容地自我解嘲

我常覺得血緣關係是這世界上最暴力的事物之一。血緣之暴力，在於無可選擇，由不得自己。血緣之連結，有幸有不幸。不幸的部分無法斷然棄絕，無法單方面作廢。幸福的部分讓人懼怕無常到臨，不知老天何時會將幸福收走。親人的離世，於是成為永恆的陰影與脅迫。

現代散文裡，寫家庭、寫親情幾乎是作家的必要配備。只是，寫法人人不同。奇特的是，朱國珍敍寫離奇人生往往帶有幽默感。暴露傷痛的散文容易寫，但要寫出有深度的幽默感實在太不容易。幽默好笑的原則，要不是嘲笑別人，要不就是嘲笑自己。我很冒昧地對國珍說，《半個媽媽半個女兒》寫家庭變故、命運磨難，最難得的是在苦痛的敍述中不忘流露幽默。

朱國珍說，人生已經夠苦了，最好的生活方式就是對它笑一笑。書名裡的「半個」，或許暗示扮演某種身分的不完整，但或許更是深切體認到遺憾才更能夠擁抱完整。

那是因為可以反身回顧，可以從容地自我解嘲了。

跟人生和解

曾有算命師説過，家就是枷。渴望一個家，或許意謂著自願受縛，親手剪去自由的雙翼。

《半個媽媽半個女兒》裡，數次寫到一個人吃年夜飯的經歷。二〇一七的農曆年，朱國珍獨自度過除夕夜，人生到此似乎恍然明白，能夠迎接一個人的天命了。大年初一完全清醒，毅然斬絕過往糾結，丟棄情感包袱，開始迎接新人生。《半個媽媽半個女兒》裡的大部分作品，就是在這個新年假期開始孕育的。幾個月間，迅速彙整零星筆記，將其中內容串連成系列篇章，一切就水到渠成了。

寫作此書，最大的收穫可能是學會原諒自己。她說：「有時候錯不在自己身上，但自己仍須被原諒。」學著跟自己道歉，才有辦法跟人生和解。朱國珍成長過程中受到太多歧視、不公平的待遇，靠自己的努力才順利長大。她終於體認到，每個人有自己的十字架，不再幫別人扛十字架的時候，對彼此來說都是一件好事。

求學時期為了賺錢，朱國珍做過許多工作，曾靠著勞力洗車、做女工賺取零用錢。

〈珍妮姐姐〉這篇作品醞釀多年，經過數次修改，形式介於散文、小說之間。去應徵餐廳服務生的她，後來發覺事情並不單純，風情萬種的珍妮姐姐經營的其實是特種行業，一失足就永遠回不來了。十八歲投身於演藝圈，她也見識到金錢誘惑的力量。目睹有些人為了金錢犧牲尊嚴，朱國珍始終相信：「要不要變成那樣的人，完全由自己決定。」這些價值的認定，都來自父親給予的身教：自尊、寬容與感恩。朱國珍的父親相信，國家不會背叛人民，國家給你的承諾不會改變，於是一直鼓勵兩個女兒從軍。朱國珍沒有走上從軍之路，卻一直把榮譽這件事放在心上。

真正信仰的才會寫出來

有了天主陪伴，覺得自己真正被愛被疼惜。問她有什麼特別想要的禮物？她有點害羞地說，物質慾望已經降得很低，一直很想要的大概就是一條十字架項鍊吧。以前每天看自己的存摺，弄得緊張兮兮，現在比較不在意金錢的事了。以前愛面子，現在則覺得沒什麼好隱藏的了。我戲稱國珍像是隨時戴著盔甲的美少女戰士，有時候把盔甲卸除了，或許自己可以輕鬆點，也比較有人敢追求。

散文反映人格、信仰，朱國珍說真正信仰的才會寫出來。於是單純地寫家庭創傷，從創傷中復原的經歷。〈如何阻止一顆心破碎〉這篇文章曾撫慰了一個徬徨的母親，朱國珍希望她的散文可以陪伴讀者，當自己有給予的能力，就是最大的富足、快樂。《半個媽媽半個女兒》完成後，朱國珍已經開始著手新的長篇小說。她理想中的小說，可以藉由說故事給予讀者想像，帶讀者到另一個地方。在那部小說裡，或許是已經洞察了社會與人性，要開始說別人的故事了。

美麗的態度——讀王盛弘《花都開好了》

栽種有時，花開有時，聚散有時，歡欣哭泣有時……，萬事萬物在時間裡，各有定時。《花都開好了》是王盛弘近年創作的結集，書中將時光收攏，其中有他鍾愛的花草樹木，有旅途中的風景與人物，有讀書看電影的諸多體會。讀王盛弘的散文宛如散步，從容的斷句分行讓人可以不疾不徐呼吸，跟著敍述者邊走邊看。書寫者向外探看，美醜善惡心中自有判斷，但他在文章裡儘量迎向事物本身，讓事物自己現形、說話。

旅途上可以結伴同行，也可以單身上路，王盛弘說：「我不排斥與人偕行，但更鍾愛一個人上路。」一個人在路上，牽掛與牽絆想必少了些，更能隨意停下腳步，專注於自己眼前所見的一切。《花都開好了》裡頭，王盛弘偶爾走向遠方，偶爾回望過去，更多時候是在編織自己喜歡的人事物，將心中繾綣眷戀一一頒佈出來。〈青春關不住〉

中，從前的友人多年後重逢，今昔之感油然而生，人跟人的緣分如此神祕，那善好之情竟都要事過境遷之後才恍然懂得。〈當秋天的樹葉紛紛落下〉記林芙美子故居，王盛弘說「家是宿命的渴望」，確實如此，旅途怎能當成是歸宿？再怎麼奇絕的遠旅，令人安然的終點不就是家嗎？

一般而言，寫散文最容易暴露自己的生活，個人的性情往往寄託於字裡行間。散文的紀實或虛構，王盛弘在此書後記裡有完整的表述，《花都開好了》具體驗證了他的散文觀。而我以為，散文也有虛構的空間，刪除自己不願看見的細節，只留下自己想要的，當然不算是「作弊」。〈聽母親說話〉記錄與母親相處的時光，慫恿母親多說些話，做兒子的可以把這些言談編織成一篇文章。這或許暗藏了王盛弘的散文觀：「就算別人不知道，你也騙不了自己。」

有些時候我更願意用虛實互見來看待散文的藝術境界，所有真情實感都必須通過藝術手法，在現實的基礎上進行增補、刪節、修飾。書中有幾篇散文，穿插幾分幻化想像，更增添了迷離玄遠的餘韻。例如〈奈良有鹿〉的鹿與中學生，〈幻之華〉的陽光雪原、狐狸小孩……，王盛弘寫這些實事之際，以想像力翻新了散文藝術，用最優雅的筆觸讓心境顯影。生命總有些這樣虛實莫辨的時刻吧，想像力大過感官知覺，不知不覺輕觸了世界的靈魂。〈高尾山紀事〉、〈淺野川物語〉、〈魚生〉這幾篇旅行書寫，尤其讓我有訂機票的衝動，很想飛到那幾個王盛弘走過的地方，四處晃蕩，吃吃喝喝，暫時遠離自己的當下日常。

閱讀《花都開好了》的時候，一直想起劉若英唱的〈花季未了〉，也一直想起是枝裕和的電影。書裡的文字好像有了聲音、光影，寫作的人用一種美麗的態度看待世事與生命，書裡放置的相片，其實託付了與世界相遇時的欣然之感。更讓我喜歡的是，作者明顯有愛恨，卻可以把負面情緒收拾停妥，絕對不出惡言。他選擇把比較美好的事物留在文字裡，於是我們才可以讀到那些花都開好了的聲音。要有這樣的修為，確實需要花時間。那得要慢熬慢燉自己的心性，反覆錘鍊文句，才可能做到這樣的境界吧。

關於修為，我想到一段樹木希林故事。電影導演是枝裕和想找樹木希林演戲的時候，必須打電話去她家，每次打去都會聽見一段語音留言：「凡是想要使用過去我所演出的東西，一切ＯＫ，歡迎好好利用。」是枝裕和於是稱讚她，「聲明不要求給錢，歡迎好好利用，真是美麗的態度。」那種寬宏大度，總願意為他人付出一點什麼的精神，我彷彿在王盛弘媽媽與王盛弘身上看見了。

美麗的態度映現在《花都開好了》裡，只是，書寫的時候、出版的時候，那些「當下」都已成為往事。也許安頓好每一個當下，便能悠然走向下一個地方。王盛弘之前的散文寫過來時路與值得慢慢走的遠方，《花都開好了》在刻劃當下的同時，隱約暗示了某種未來。至於此心此身歸宿何在，大概是另一本書的命題了。

從真相到藝術——讀平路《袒露的心》

在《袒露的心》這本書裡，我看見一個痛苦的靈魂用力地自我挖掘，並且設法療傷止痛。平路用第二人稱「你」進行敍說，一步步揭開身世之謎，同時追溯生命中的挫折與傷害，終於來到當下。選擇用第二人稱來說故事，對作者而言除了是保持一種適當的距離，或許還有一個重要的目的——不斷地進行自我辯詰，讓當下與過去相互映照、對話。因為有了對話的空間，真相逐步浮現。只是真相終究是會傷人的，家族血緣身世真相的傷人力道尤其令人無可招架。平路用最平淺質樸的語句敍述這一切，交代細節與衝突，從而找到安頓自己或重要他人的方法。這讓我知道，文學不能只有真相，必須具有藝術性。

從真相到藝術，正是《袒露的心》最讓人動容的地方。平路說：「時間帶來某種清明。你漸漸看清楚，心中悼亡一般地哀悼著，是在哀悼那已經沒辦法改變的過去。」為生命謎團找出真相之後，原諒與慈悲或許才是支持自己坦然走下去的力量，書寫者若有所悟：「那一瞬間，你把小小的自己抱回來，抱在自己的膝頭上。」與過去的自己和解，那是一件多麼幸運的事。此外，《祖露的心》或許還可提供我們看待歷史傷口的另一種面向：當傷害已經造成、錯誤已經發生，人們如何在更完整的敍述裡拼湊真相？如何在看見真相後獲得領悟、慈悲以及新生？

仇恨到此為止——讀安托尼．雷西斯《你不值得我仇恨》

暴力與傷害在歷史上反覆出現，受苦的人們總是迷惘，如何才能治療死亡帶來的不安。《你不值得我仇恨》收錄安托尼．雷西斯十六篇日記，背景是二〇一五年十一月的巴黎恐怖攻擊事件。他最親愛的妻子在這起事件中不幸罹難，這一系列日記既是自我對話的歷程，也是向亡靈不斷傾訴的哀歌。傷害已經發生，生活還是要繼續過下去。安托尼．雷西斯承受傷痛，獨力照顧兒子的時候這麼想著：「想回歸常軌，就得把可怕的、不可思議的事都摒除在門外。包括那天晚上的恐懼，以及猛然隨之而生的同情。包括傷口，以及有人想強貼上去的敷料。這當中無論是哪一種，我們平凡的生活裡都已容納不下，因為它早已被填得滿溢。」安托尼．雷西斯藉由書寫清理自己的情緒，重新定位倖存者的生活，不矯飾、不濫情，勇敢迎向「畏懼死亡」與「親近生命」的辯證。

這本書最重要的提醒是，不要陷入憤怒、仇恨、無知的陷阱之中，我們應當有能力用更積極的方式去療傷止痛，繼續在往後的人生獲得快樂與自由。不僅為了自己，也為了下一代，仇恨必須到此為止。在這個世界，需要更完整的正義與慈悲，才能抵禦那些殘忍、暴力。此外，苦難不應該成為政治籌碼，更不應該成為仇恨的藉口。

青春斷代史——讀郭強生《作伴》

第一次讀《作伴》，是在我就讀高中的時候。當時我手邊的版本是民國七十七年三三書坊出的二版，封面上有一行副標題：「從附中到台大的故事」。儘管社會情境變遷，《作伴》的魅力卻是絲毫不減。經過三十年，書中各篇的主角若真有其人，必須在現今的現實生活中面臨初老。只是，他們未曾老去，在小說中永保年輕，成為某種青春標本。每隔幾年重讀此書，並且對照教職工作出現的年輕身影，總是有些感慨。不同世代的青年，遭遇的迷惘與困頓似乎都是一樣的。於是每一個世代的年輕讀者可以在《作伴》裡瞥見自己的心情，從別人的故事裡察覺青春的難題。

某一個春天的夜晚，一群作家聚餐的場合，聽見郭強生雲淡風輕地說，好不容易來到這個年紀，一點都不想重新經歷青春的掙扎痛苦。我知道，有時候成長是會要人命的。所謂成長，不外是去碰撞、去經歷、去忍受種種不可忍受。所謂成長，大概相當接近劫後餘生的概念。過得去的與過不去的，從來也就只有自己知道。

當一個青春倖存者追想從前，或許因為已經遭遇過了，再回首的心情也就多了幾分從容。

是否願意重返青春，每個人心中的答案不見得相同，那些以青春為主軸的電影題材卻是歷久不衰。當年在《還珠格格》扮演青春兒女的林心如、趙薇、蘇有朋，現在都有自己的一片天地了。演而優則導，趙薇第一次執導的《致青春》，處理的題材是青春，蘇有朋導演的第一部電影《左耳》講的也是青春。林心如擔任製作人的電視劇《十六個夏天》，極力渲染的還是年輕時光。青春電影的台詞甚至直截了當地告訴我們：「青春是用來懷念的。」「愛對了是愛情，愛錯了是青春。」我們之所以被青春的故事深深吸引，或許正是因為那是最曖昧的，也是最激烈的。

自己想說但又說不明白，小說或是影視作品正好幫我們說出來了。

我深深相信，第一次把心打開或是第一次把身體打開，同樣需要莫大的勇氣。與《作伴》裡的故事相對照，不禁思索：現在的青春男孩女孩比三十年前更加開放、更加前衛、更加無所畏懼了嗎？在教育現場觀察了近二十年，我認為並沒有。那些靈魂與慾望的難題，從來不是世代差異造成的，而是個別又個別的身心質地所建構的。大膽激進與內向害羞，大抵源自於個體屬性（當然社會風氣與教育狀態也有一定的影響），打開自己的時機與方式，每一個人畢竟都是千差萬別的。

自我是什麼？自我就是與他人之間有一條無法跨越的界線。

在《作伴》裡，我看見孤獨的「自我」，這個「自我」試著去與一個又一個孤獨的人作伴，個別的內在記憶才顯得彌足珍貴。這本小說集以〈高三之外〉作為全書的第一篇，或許別有深意。郭強生將生命中最關鍵的轉折、過渡放在最前面，並且以此為起點，一方面向前追述一群青少年的來歷，一方面鋪衍他們的將來。這是未成年與成年的分界，也是人生際遇的旋轉門。書中的升學考驗、男性情誼的分合聚散、愛情的發生與幻滅……，最是讓人心弦震動。

《作伴》裡的主角所面對的那個時代，台灣尚未解嚴，民風較為保守，大學入學錄取率不高（大約三成多）。大學聯考是一道窄門，區隔了高中畢業生的生涯與命運。在我看來，不管處於怎樣的時代，青春既向未來敞開、充滿無限可能，同時也是封閉又侷限的——因為不由自主。能為自己做的決定那麼少，自我與自我的衝突卻是那麼多。〈西廂記〉、〈愛情〉、〈最後一次初戀〉這些篇章，將青少年感情世界描繪得絲絲入扣。我遺忘許久的青春情緒，竟被這些篇章重新喚起。確實是情緒，那種高低起伏都由不得自己的情緒，在《作伴》裡以一種極其曖昧的方式流洩出來。〈飄在雨中的歌〉寫實習老師引發的校園騷動，這樣的事還是年復一年地發生。這是小說家的洞見使然——小說中的時空雖然已經成為過去，成長過程中的心理掙扎卻是毫無二致。

青春是有保存期限的，其中的傷感一如〈作伴〉所提到的：「他們的日子，確實是在倒數呵！」青春大限有一天會到來，倒數計時的時候，有人選擇花開堪折直須折，有人選擇澗戶寂無人紛紛開且落。這一切一切，無法重新來過，只能事後追憶。〈親愛的〉的場景校園延伸到職場，逐步碰觸到成人社會的生存法則。關於生命歷程的推進，〈傷心時不要跳舞〉是這麼說的：「我居然到這時才發現，朝夕相處的伙伴早已經悄悄潛入成人世界，跑了好長一段，卻把我遠遠的拋在後面不顧……」然而，總要等到很久之後，不知不覺成熟了、世故了，才忽然明白日本電影《閃爍的青春》裡的那句台詞：「青春就是不斷地繞遠路。」繞了不少遠路的我發現，有些事根本不需要趕進度。

每個人身上都有一支青春計時器，從啟動到結束，只有自己知道。

我大膽揣測，《作伴》的另一個版本其實就是《斷代》。《作伴》欲言又止、充滿曖昧的部分，在長篇小說《斷代》裡終於完成互補。《作伴》裡那些含蓄曲折的內心戲、不容易和盤托出的故事，也許正包藏了刻意壓抑的感官經驗。那樣的壓抑，遠比直說來得動人。《斷代》大開大闔，讓感官重新開啟，同樣令人低迴。相較之下，作為一部青春斷代史，《作伴》的敘事語調充滿魅力，讓人神往也讓人感傷。

在世界的裂縫中看見光亮——讀胡遷《大裂》

電影《大象席地而坐》獲得五十五屆金馬獎最佳劇情片、最佳改編劇本。頒獎典禮上最令人傷感的懸念，可能是已經從人生中缺席的導演胡波。二〇一七年十月十二日，胡波選擇與世界永遠告別，《大象席地而坐》於是成為他生命中唯一一部電影作品。

這部電影改編自胡波（筆名胡遷）的同名短篇小說，收錄於《大裂》。雖說是改編，我卻總覺得這部電影與原著小說是同質異構的兩樣藝術品。所謂同質，是精神狀態的一致。至於異構，則是電影與小說文本的肌理大有不同。我總覺得，《大裂》所收的短篇作品與史鐵生的〈命若琴弦〉性質相當接近，都有一股執拗，有一種跟生命攤牌的衝動。

透過小說作品，一個強大的「（作者）自我」吐露心聲，他與世界的格格不入，就是他的命運。我同時深信，豐富的想像力，讓日常生活有了一些救贖。

胡波在〈一縷煙〉裡感嘆：「我覺得，我們這一代缺少情懷，太多小情緒。」在〈漫長地閉眼〉裡揭露：「即便我知道生活會莫名設計出很多花招，讓你覺得灰暗並不是永恆的，但這又有什麼用。」〈大裂〉結尾：「一股從未出現過的悲傷控制了我，在這一千多個日夜中我從未掉以輕心，直到此時這悲傷卻再也控制不住。」還有常被引用的這段話，提出關於存在的根本詰問：「我一直在思考自己為什麼會在此處，並在荒原裡尋找可以通向哪裡的通路，並堅信所有的一切都不止是對當下的失望透頂。」

小說《大裂》、電影《大象席地而坐》並非徹底絕望之作。在世界的裂縫中看見光亮，這或許是胡波作品裡試圖傳達的，堅毅與溫暖。

此心到處悠然——讀逯耀東《似是閒雲》

一直很喜歡逯耀東的飲食書寫，因為其中有淵博的學識以及過人的品味。那些敍述飲饌經驗的文字裡，除了展現生活情趣，往往也流露出對生命的看法。此外，我也喜歡逯耀東的雜文與序跋類作品，不炫弄文筆、不張揚技法，具有一種老派文章的從容優雅。所謂老派，不單是章法布局方面的游刃有餘，更是心境與氣度上的安然自在。

在《似是閒雲》這本書裡，我讀到了治學態度、師友情誼、文化重量，以及知識分子的抱負。要在散文裡開展這類厚重的主題，其實不太容易。必須執簡馭繁，化沉重為流利，運筆如閒雲，才能讓文章不致生澀冷硬。逯耀東曾提到，學者季羨林的散文「平淡中蘊蓄著深厚的感情」，我想這也正是《似是閒雲》的特色。

《似是閒雲》收錄的文章裡，史料典故信手拈來，一如閒話家常，讀來沒什麼壓力。許多篇序體散文並列在一起，可以看出一個歷史學者的生命軌跡。歷史專業之外，逯耀東讀文學、讀武俠小說的心得，文字火候像是慢烹慢煮，寫得相當有味道。古今參照之下，對時局的感嘆、對人物的臧否、對生命的領會，便寄託在一則又一則的歷史材料裡。這大抵就是終身追求學問的人最熱愛的功課了。那樣的情懷，一如張孝祥的詞句「世路如今已慣，此心到處悠然」。《似是閒雲》裡的文章，筆調悠遠，有雲淡風輕之美。彷佛再怎麼艱難的課題，都可以淡然處之。

蘇轍曾指出，寫文章必須養氣。透過讀書與交遊，可以擴大胸襟氣度。逯耀東寫讀書、交遊之事，亦是波瀾迭起，格外能展現個性。他在〈外務之餘〉寫道：「做一個知識分子，必然對自己生存的時代，有難以割捨的感情。這幾年，我們的確遭受到幾次我們該痛哭流涕的歷史的激蕩。也許自己是學歷史的，實際生活在現代，而常常做歷史的回顧。」回顧歷史、面對時代，我尤其喜歡他的結論：「青眼觀世界」、「白眼看自己」。於是我也學著在青白眼變換之間，觀看時代的面貌，同時照見自己的存在。

學歷史這件事對我來說，最重要的從來不是強記人物、事件、年代、地名，而是明白人類如何「面對回憶」、「解釋回憶」。〈過客情懷〉、〈走過舊時的蹊徑〉寫到在香港新亞研究所求學的生活，史學家個人回憶與時局變遷緊緊相扣。逯耀東說，初到香港，不確定自己是過客還是異鄉人，那份感慨至今仍震撼著我。逯耀東曾記下一件跟學問有關的事——參加新亞研究所月會時，提出的報告是〈試釋論漢匈間之甌脱〉，會議從下午兩點開到晚上六點，是新亞研究所月會空前絕後的一次。因為他對「甌脱」一詞的解釋與錢穆相左，受到錢穆非常嚴厲的批判。此後在新亞幾年便不敢見錢先生，直到多年後才又與錢先生親近。

《似是閒雲》裡，讀書、寫作、與人交好，從而擁有一片獨立的天地，這樣的狀態真是令我神往。掩卷之際，此心悠然，像是一片閒雲，去留總無蹤跡。

溫柔的理由——讀林達陽《蜂蜜花火》

從《虛構的海》、《誤點的紙飛機》、《慢情書》、《恆溫行李》到《蜂蜜花火》，林達陽的詩與散文一直具有溫柔的氣質。林達陽在文學創作裡訴說的腔調，與社群網站上的閒聊、評論時政大有不同，或許正是因為某些事只想內藏，被妥善包裹著的祕密才顯得如此迷人。

隱約察覺，《蜂蜜花火》的小敘事有著龐大的企圖，希望藉由不同物種的描摹，投影出書寫者的心靈圖像。《蜂蜜花火》的每一篇作品完成度都很高，那是精心錘鍊的結果，在穩定的篇幅架構之下，反覆演練自己的心事，並且找到心事與世界的連結。在這部作品中，林達陽召喚了虎、羊、鹿、蜜蜂、蝴蝶、斑馬、貓頭鷹、啄木鳥、獨角獸……，牠們依序前來，整隊排好，並且用牠們的形象建造了一個饒富趣味的世界。

這一系列散文，憑藉著寫詩的意象鍛鍊，堆疊出更華麗也更神祕的存在樂園。詩人的存在意識、對生命的直覺，往往用最不經意的方式呈現出來。於是，溫柔不只是書寫技術，更像是一種魔法，可以直指人心。

有些作家的散文裡，喜歡經營駭人眼目的情節，讓生活成為奇觀。有些作家則習慣從日常瑣事著手，提取靈光閃現之一瞬。有事與無事，都可以成為散文的核心。然而無事的散文難寫，難就難在於如何無中生有，在沒有重要情節的語句裡完成傾訴。《蜂蜜花火》的事件通常出於浮想，通過想像的內容直指存在的感受。如此一來，無事也變得有事了。

《蜂蜜花火》諸多篇章的心情，常在「尋找原因」與「下定決心」之間擺盪，溫柔的、暴烈的相互交織，肯定的、疑惑的對應辯證。書中最有事的一篇，應該就是〈野生文明〉了。那一場沒有打成的群架，不僅成為青春的懸念，更像是成長的內在鬥爭，如林達陽所說，是「野牛群涉渡的聲音」。

以動物們為喻依，林達陽的這一系列書寫，有甜美也有憂傷。書寫筆觸像是水彩畫，有層次地暈染，風雲雨露、草地青青、大海蔚藍、天氣的透明感……，處理得極為細膩。敍述腔調則像是美聲男伶，以高級的和聲收服閱讀者的耳朵。我一直認為，標點符號的調度、字詞的選用、句型段落的安排，在在影響文氣與風格。林達陽的散文之所以迷人、具有辨識度，正在於獨特的敍述腔調。他能夠穩定控制字句構成的方式，也常在篇章中製造波瀾起伏。

林達陽以直述句塑造了寫作者「我」肯定的世界，並且把那樣的世界逐步捏塑成型。當問句出現，往往直指該篇文章的核心概念，譬如：「認真投身其中的時候，我們如何能夠不波及愛我信我、願意靠近的旁人呢？」「如果我們改變、長大，我們是不是失去自己了？如果抗拒改變和長大，我們是不是失去了更好的可能？」「那些愛，後來完成了嗎？」

這本《蜂蜜花火》，人與動物相互映照，寫動物的形貌與存在，無非都是出於自我目光投射。林達陽說：「我們已經長大、已經成為現在的我們了，沒有演化成其他更美麗更寂寞的動物，沒能以其他的樣子相見相遇，想來難免覺得有些可惜，只好記錄在這裡。」而人這種動物，我想正是因為這些溫柔的想法才變得美麗的。

大地真乾淨——讀李娟《我的阿勒泰》

曾經去過新疆阿勒泰的我，讀到《我的阿勒泰》竟然有一種異樣的陌生感。那樣的陌生感其來有自，大抵源於我匆匆停留，僅能管窺眼前風土，無法貼近當地的生活。像我這樣的觀光客，是絕對無法寫出《我的阿勒泰》這種文字的。《我的阿勒泰》是在地生活的證據，是人為萬物之一的絕佳例證。

《我的阿勒泰》、《阿勒泰角落》的寫作時間是二〇〇二至二〇〇九年，兩本散文集鮮明標記著李娟的早期風格。《我的阿勒泰》二〇一九新版序文中，李娟如此談及創作歷程：「我只不過棲身於阿勒泰一道最狹小的縫隙裡井底觀天罷了，完全依託個人視角和個人思考任性講述。……字裡行間，強烈渴望被人得知。我後來的寫作趨於節制、敞亮。這兩部阿勒泰系列的文字卻更恣意、衝動。它們對應著不同階段的各個真實自己。」

不論是恣意衝動或者節制敞亮，我認為散文家最珍貴的任務無非是交託真實的自己，不管他人如何看待，首先要對自己的記憶坦白。李娟一九七九年生於新疆，高中輟學後曾生活於阿勒泰哈薩克村落。二〇一〇年冬天，李娟跟隨一家哈薩克牧民展開冬季牧場的生活。三個多月的冬季游牧歷程，便翔實記載於《最大的寧靜》裡。讀過《記一忘三二》、《遙遠的向日葵地》，我深深以為理想的散文理當如此。寫散文最難的就是「當下」了。「當下」意味著：事情持續發展，未來如何無可揣測，而心情動盪難安。

《我的阿勒泰》大抵以新疆物象為底色，宛如水彩畫一般地塗抹生存面貌、人際往來。書中對母親、外婆的敍寫，尤其顯得靈動，有哀愁也有幽默。書中有一篇〈鄉村舞會〉，那是李娟少數暴露個人情愛故事的篇章。李娟意識到自己的身體雖然承載著生存的重量，但也清晰地感受到身體裡有舞蹈。那是愛的萌發，情竇的掩抑與張揚。天真、勇敢、誠實的李娟說道：「我仍在自己的生活中生活，幹必需的活，賺必需的錢。生活平靜繁忙。但是我知道這平靜和這繁忙之中深深忍抑著什麼。」

如果活著就是受罪，每一個人受的罪也就輕重有別。〈想起外婆吐舌頭的樣子〉直面生死之事，文章最後，李娟想起外婆的叮囑，重整了自己的人生觀：「最安靜與最孤獨的成長，也是能使人踏實，自信，強大，善良的。大不了，吐吐舌頭而已……」我想，這大概是散文家最本色、最交心的話語了。

讀李娟的文字，頗有時空浩渺之感，於浩渺中見證孤獨。年復一年，阿勒泰的冬雪堆積又消融，時間繼續在走。人在天地間，走過森林、草原、沼澤，與牛、羊、狗、馬、駱駝為伍，卻仍然有一種孤獨緊緊相照。《我的阿勒泰》彷彿白雪皚皚覆蓋，讓生活、讓大地顯得無比乾淨。

月亮上的獨角獸——

讀許悔之《不要溫馴地踱入，那夜憂傷：許悔之詩文選》

我很喜歡看許悔之皺眉的樣子，因為他皺眉沉默之後總會噴發許多詩意的話語。暗自猜想，或許那是他對這個世界用情的方式。而一個創作者用情的方式，往往決定了作品的藝術境界。

《不要溫馴地踱入，那夜憂傷：許悔之詩文選》是一本形式獨特的精選集，帶有情感密碼的詩與真情流露的散文並置，形成既曖昧又透明的對映。某些詩作中，數字與日期具有怎樣的意義，可能只有寫作者自己明白，讀者不一定能夠參透那段生命故事。然而奇妙的是，即便無法確知那些符碼的真實指涉，詩裡的聲音依然吸引著閱讀的人，持續引發共鳴。我認為最好的文學作品是有穿透力的，可以突破時空局限，用最純粹的語言達成最深刻的溝通。《不要溫馴地踱入，那夜憂傷》書中的篇章，時間跨度超過三十年，文字的能量依舊飽滿。

暴雨中讀《不要溫馴地踱入，那夜憂傷》，耳朵被窗外的雨聲反覆刷洗，心情則被書裡的文字照亮。我覺得這本書不是一般的個人精選集，反而更像是一本全新的、完整的創作。詩人、編選者的心路歷程參差交錯，完成了共同的創造。作品的排列不以編年方式呈現，刻意打散線性時間，讓詩與散文彼此呼應，只為了完成美的見證。許悔之最豐美的心靈圖像，都在這本選集裡逐一顯影了。

所謂心靈圖像，其實很難捉摸。古代詩人常常透過鳥獸草木之名傳達情感與志向，動植物意象與創作者的心理狀態相互聯繫，其中充滿暗示、比喻、象徵。現代詩人也是如此，有意或無意地差遣自己的意象群組，讓內心世界得以投映、現形。有些作家喜歡使用動物意象，有些則偏好植物意象。每個人心性有別，觀看方式不同，意象隊伍也就各異其趣。我曾刻意以動物作為詩意的班底，依次呼喚牠們出場，作為心中祕密的代言者。

也許因為生命本質的親近，許悔之筆下的動物們好像對我說了很多祕密。壁虎、白蛇、紫兔、雲豹、山鹿、狐狸、白熊、鯨魚、獨角獸……，在不同的詩行裡露出身影，發出聲音，可能是主角，也可能是配角。牠們迎面而來的時候，與我交換生命的訊息，以及許悔之小宇宙裡的祕密。

不認識許悔之之前，我就是透過那些可愛動物得到許悔之的安慰。二十世紀末，我在最困頓的時刻讀許悔之，在嘉南平原的茫茫大霧中幾乎迷失自己。《當一隻鯨魚渴望海洋》、《我一個人記住就好》絕對是療癒系書寫的精品，我每次讀著覺得想哭，就失聲痛哭了。用淚水洗滌罪惡或痛苦，試圖成為一個嶄新的人，我開始豢養屬於自己的可愛動物，並且幫牠們布置一個安穩的家。《當一隻鯨魚渴望海洋》、《我一個人記住就好》的精華，如今都收在《不要溫馴地踱入，那夜憂傷》，讓我想起當年的淚水，而終於可以微笑以對了。

我尤其喜歡《不要溫馴地踱入，那夜憂傷》裡的懷人贈答之作，至情至性的傾訴原來就是這樣。白居易、元稹的友情，蘇軾、蘇轍的親情，在寫給對方的詩文裡煥發著光彩。他們都是能把深情理出秩序的人，讓每一個字詞、每一個句子兀自閃亮，當下的心情於是成為時間的琥珀。

詩歌文章若為某人某事而作，起點正是關懷。許悔之關懷的對象有親人、師長、朋友，也有遠方的受難者，慈悲與柔軟形成了這類作品的基調，我從中看見了人性的昇華、生命的尊貴。人情往來之所需，許多人的應酬唱和、嘘寒問暖略顯虛浮，應用文書只是應用而已。然而，許悔之將關懷推展出去，從人情世故中提煉出美與感動，那些心情的投遞，即使不是當事人也能領會。許悔之的作品讓我明白，他人的苦難其實與自己息息相關。作為一種傳達的藝術，詩不是聲嘶力竭的哭喊，也不是氾濫的呼告，而是用眼角的一滴淚水折射出一個令人動容的世界。

這就是詩人用情的方式吧，節制過多的、失控的情緒，妥善醞釀情感，讓情懷或情操慢慢浮現。從這本書裡我彷彿看見，一頭憂傷的獨角獸漫步在月球表面，他對自己說：「在風中，我聽見許多虛偽的聲音，而後，燈熄了，他們睡了；是以我只能諦聽，詩對我說話的聲音，是以我只能以音聲求它。」而我確實知道，月亮上的獨角獸發出了聲音，也得到了呼應。

另一條回家的路

高雄老家三合院拆除工程收尾那一天，我到現場拍了相片，拾走一塊紅磚留作紀念。建物不在了，然而地面瓷磚並沒有刨除，那樣的狀態比什麼都沒有還來得荒涼。即便家人已經遷居別處，這裡卻還有一方菜園需要照料。在四時的流轉裡，園中瓜果蔬菜兀自生長，庭院中高聳的芒果樹結了果子可是都不太好吃。

卡車來回幾趟，終於將廢棄物清運完畢。正午陽光照耀，眼睛不禁瞇瞇的。有點懷疑，這是自己記憶開始的地方嗎？

角落有一只廢棄不用的大型冷藏櫃，打開一看，裡頭原來都是我的物品。國、高中時期的課本、作業、成績單，以及大量的書籍雜誌，以一種不須被聞問的狀態存在著。重新看到這些物件，迅速下了判斷，想要留下的很少，大部分都回收掉吧。回收掉的，彷彿是另一個人的記憶，而不是我的。就像某些同學會場合，驚覺現在的我並不是其他人口中的那個我。

生長在一個缺乏文化刺激的環境裡，我能夠走上寫作的路途，也許純屬意外。似乎是讀小學四年級那一年，家裡後院搭建木屋，四周圍起柵欄。過不久，裡面住了五隻羊。放學無事，我跟兩個弟弟領著那些羊去吃草，黃昏時再把羊群帶回小木屋。正好也是那一陣子，院子裡來了一隻孔雀，似乎是長途迷路，神情有點疲倦。問了周遭鄰居，都說不是他們家養的。於是我把牠留了下來，閒置多年的鐵製狗屋剛好夠牠棲身。哪知沒多久，孔雀無端消失。之後大約兩、三年的時間，羊群就悉數變賣。媽媽忙著餐飲攤販的生意，因此給了我許多自由。向來節儉的她，從不吝嗇花錢給我買書、訂閱報刊。每當外在世界有了紛擾喧囂，我往往把閱讀當作一場逃亡，在文字世界裡浪跡天涯。從天涯回到現實的時候，再把書裡的內容說給孔雀跟小羊聽，我覺得牠們都能聽得懂。如果還有其他心事，就寫在媽媽幫我買的日記簿裡。

我很幸運擁有一個不會偷翻書包窺探兒子隱私的媽媽，所以很敢放膽去寫。我讀了什麼、寫了什麼，大概也都是自己知道而已。只是近幾年，書寫的狀態有些改變，漸漸不太想寫跟家人有關的事。《島語》、《海誓》詩集紀念套書出限量版時，附贈一款帆布提袋。我寄了一箱套書回家，跟媽媽說提袋可以拆來用，詩集收在櫃子裡就好。其後回高雄小住，北上之前媽媽突然說，讀到詩集裡某段文字讓她哭了一整夜。那當下我無比驚愕——從來不看文學書的媽媽，竟然讀了我的詩集，竟然還讀到哭。關鍵是《島語》詩集裡寫了這件小事：離開高雄到台北讀大學前夕，媽媽陪我去棉被行買了一床厚實的被子，郵寄到師大宿舍。

媽媽告訴我，她很後悔當時忙著做生意，只顧賺錢，沒有陪我去大學報到，讓我一個人孤單出遠門……。

我笑著告訴她，男孩子就是要這樣才會長大。（私下忖度，以後還是多寫些教人看不懂的詩好了。）

我所喜歡的沈從文、蕭紅，都是離家出走的人。那個大時代裡，家與國的宿命似乎讓個體的生存顯得卑微。家是群體關係的開端，對孩童來說，親屬之間的情感是世界最初的模型。沈從文、蕭紅離家之後，實踐了做自己的可能，完成對命運的叛逃。然而極其弔詭的是，他們筆下最燦爛奪目的篇章，又往往與故土有關，《邊城》如此，《呼蘭河傳》亦然。許鞍華的電影《黃金時代》，以類似紀錄片的手法敍述蕭紅的傳奇人生。一九三〇年代的中國文壇充滿無限可能，蕭紅帶著文學夢遠走高飛，獲得魯迅的青睞。我很喜愛電影裡引用《呼蘭河傳》的文字：「花開了，就像睡醒了似的。鳥飛了，就像在天上逛似的。蟲子叫了，就像蟲子在說話似的。一切都活了，要做什麼，就做什麼。要怎麼樣，就怎麼樣，都是自由的。」這樣的文學作品告訴我，生而為人，最值得珍惜的一樣價值是自由。

一直覺得血緣關係是這個世界最暴力的事情之一，因為由不得自己，全憑造物者決定。身體裡流著怎樣的血，背負著怎樣的基因，接受怎樣的教養，取決於機遇與偶然。家提供了庇護與某些恩義溫情，但同時也賦予宿命。那樣的宿命如影隨形，一輩子都無法甩脫。羅大佑〈家〉這首歌這麼唱著：「我的家庭我誕生的地方／有我童年時期最美的時光／那是後來我逃出的地方／也是我現在眼淚歸去的方向。」我覺得無比貼切。

只是，真要到很久以後才明白，離家之後，可以不斷回家是多麼好的一件事。

現實生活裡，我喜歡讓心智去旅行，恣意漫遊沒有方向，可以回到過去，可以眺望未來，也可以凝視當下。心智旅行累了，隨時可以回家。現在，我好像可以這麼告訴自己了，最初的家屋已經拆毀，而書寫其實是另一條回家的路。

卷二

金風玉露一相逢

我想要有個家

——詩生活——

眾鳥欣有託，吾亦愛吾廬。

——陶淵明

打電話回家跟母親說，我又買了一間房子。這是今年以來做的瘋狂事之一。因為我已經無法再忍受，住在不屬於自己的屋子裡。年初時有可以老是鄉的心情，迅速地在花蓮購屋置產，似乎想要證明什麼。沒有意料到的，我又一時興起在北城考得教職。為了解決往後住的問題，匆匆之間，沒有頭期款的狀況下我又做了蠢事，刷卡簽約後才去張羅錢。事後才跟母親報備，我說租不如買，她只有順著我，只是希望我能有定性一點。不要老大不小了，還是改不掉任意妄為的習性。

那已經是二十幾年前的事了，在舊家的三合院，母親、我與兩個弟弟長期共用一個房間。即使不喜歡，我仍然無法躲避那樣俗濫的成語：相依為命。直到一九八八年我國中二年級，我們與叔叔一家終於分爨，我便接收了叔叔嬸嬸的房間。在那個房間裡，我只有一張小小的書桌，一組木板床，一把吉他、一個塑膠衣櫥、一個人做著簡單的夢。一台CD隨身聽接上兩個小喇叭，就可以聽見全世界的聲音了。

當時潘美辰用蒼涼的歌聲唱著〈我想有個家〉：「我想要有個家，一個不需要華麗的地方。在我疲倦的時候，我會想到它。我想要有個家，一個不需要多大的地方。在我受驚嚇的時候，我才不會害怕。」然而在那個家裡，我唯一的願望就是遠走高飛。好幾次我躲進房間，卻沒有辦法不聽見，外頭傳來爭吵、談判的聲音。親族中夫妻婚姻失和、兄弟鬩牆、爭產糾紛，不知怎麼的，總是要到我家大廳來說個分曉。公親事主群聚一堂，我只能當作這一切與我無關。大人們是這樣對我說的，進房念書去。書本果然成了我的快樂天堂，讓我找到意義，心靈得以安居。我知道家庭傷人甚深，於是期盼自己哪天經濟能夠獨立，給我的至親一處溫暖的家，以未來的幸福療治過去的傷痛。

我國中時像飼料雞一般，被填塞餵養零碎片段的知識。我相信教育可以讓我翻身，好好念書才有未來。我冷漠地看著新聞，一邊背誦著「朱門酒肉臭，路有凍死骨」的解釋與翻譯。台灣經濟業已大幅成長，國民所得提高。那時都說，台灣錢淹腳目。然而卻有一群無產的小老百姓，為了抗議當時房地產不合理的炒作、飆漲，以及不健全的房地政策，展開了行動。他們自稱無殼蝸牛，在一九八九年八月二十六日，號召上萬人帶著睡袋搭帳篷，夜宿台北市忠孝東路。他們並肩躺臥在台北東區地價最高處，卑微地訴求著，希望有一個自己的窩。我好想知道，當年仰望台北市夜空的他們，如今都找到一處遮蔽風雨的家屋了嗎？又或是繼續的在社會最底層拚生活？又或是受不了生活的煎逼，舉家燒炭自殺了？那些美好的願望、社會正義的訴求，還有可能完成嗎？

高中文化基本教材教到孟子時，罹患政治冷感症、十八歲的我對那種囉唆沒有好感。但當滕文公問治國之道，忽然眼睛一亮。孟子這麼回答他：「民事不可緩也。……民之為道也，有恆產者有恆心，無恆產者無恆心。苟無恆心，放辟邪侈，無不為已。」治國的方法，首先是要讓人民能夠活下去，而且要活得安適、有尊嚴，知道只要付出努力便有美好的未來可以期待。有土斯有財，那也的確是一股安定的力量，幫助一個人有信心憑著一己之力換取甜蜜的生活。

高中畢業我便離家，抱著一種能走多遠就走多遠的心情，跟原生家庭保持若即若離的關係。離家以後，我的房間被弟弟接收。寒暑假返家，我敏感的察覺家裡已經沒有我自己的角落了。直到大二時，母親獨力買下一幢透天厝，把最大的主臥留給我，我的所有物項才又有了收容所。一切各安其位，我慶幸自己是有家可回的人。十多年後的現在想起，那個房間我的使用率實在不高。倒是我生命中的重要物件，大多存放在裡頭。高中揹的書包、穿的制服、一疊疊相本、不忍棄置的舊衣……在這個空間裡完好的存在著。我隻身在外飄飄盪盪，隨身家當愈來愈多。沒辦法放在身邊的，也統統寄回去堆著。每到填寫託運表格時，奇異的幸福感升起，非但是我，連所有細小事物都有家可回了。

然而，我想有個家，自己認定的家。我與彼時的女友相互承諾，約定白手起家。我向來胸中無甚大志，只要能有一處不被干擾的人世居宅便好。打算大學一畢業就結婚，信誓旦旦不要繼續在學院裡混文憑了。生性不喜受管束的我，喜歡隨意讀書，享受讀書的快樂就行，不需要為了一張紙念書。對於家屋的想像，卻是無日不有。即使在租借來的空間裡，我仍反覆實驗，東搬西挪，我在哪裡一堵書牆就隨著我到哪裡。大學還沒畢業，就已經留意山間海濱的教職缺額。打定了主意，不再升學念研究所。我要安穩地過日，隱逸自己於天地一隅。閒來讀書寫字，可以在名利場外自得，不要受任何鳥氣。

說來奇怪，研究所的學業持續迄今，從裡頭獲得不少樂趣。一開始就選定在花東執教，六年的後山生活過去，我的確貪戀山風海雨帶給我的種種滋養。那樣天寬地闊的地方，令我願意與這世界一起蒼老。只是、只是，不論我所在的地方多麼邊鄙，我始終無法自外於細密如網的體制。心想與其這樣，不如大隱隱於市。然而心中仍有疑慮，不知道會不會有朝一日興起感慨，像陶淵明那樣嘆氣：「誤落塵網中，一去三十年。」身為一個人，就得用意義架構自己人世的安宅。找到了它，擁有了它，生命與性靈才得以有所依憑寄託。

帕斯卡（Pascal）說過如此悲傷的話語：「人類一切不快樂都源自於一件事：無法安靜地待在自己的房間裡。」短暫租賃的這個月裡，我把空蕩蕩的屋子當作只是睡覺的地方。也許此心不安，連睡覺都睡得不好。於是這當下充滿期待，新居即將裝潢完竣，我能擁有一切的快樂。我長久追求的家屋之夢，再不多久便會成真。長久以來，我總是離家幾百里。不論求學或工作，原生家庭跟我的距離就這麼愈拉愈遠了。幾年前考博士班，錄取通知都到手後，我毫不猶豫的選擇離家遠的學校就讀。的確是這樣的，說故鄉太沉重。說起生命的起源、此生的根由，也太過沉重。而在每一次遷徙遠離的過程裡，我的家當與記憶愈來愈多，更需要空間收納安置。我一人揹著殼南來北往、東奔西跑，從一九九四年到如今，居所搬遷不下十次。每一次都很費力，該捨該留的物件與感情令我惶然。

人對安穩有所求，土地屋宅或許最能提供保障與安全感。我算計著這一年內兩度為了換得安全感，所費不貲。看似衝動盲目的心，實則有一股篤定。因為一切都是心甘情願的。外面的世界太過喧囂動盪，我才更需要有一處讓自己淡泊寧靜的屋宇。政局最紛擾的大時代，張愛玲與胡蘭成訂了終身。婚書上寫著：「願使歲月靜好，現世安穩。」可見安穩的生活如此吸引人。但最後張愛玲再也無法忍受胡蘭成的風流，對胡蘭成說：「你不給我安穩。」感情故事就此告終。我慶幸的是自己的居宅沒有感情故事，也沒有感情事故。

我多麼希望，像王安憶〈烏托邦詩篇〉說的，「一個人在一個島上，也是可以胸懷世界的。」在自己的屋子裡，我可以如同劉伶那樣想像「天地為棟宇，屋室為褌衣。」有酒食、有音樂、積書滿架、早晨飄來咖啡香，我愛我的家。天涼時節我將要進住新居，由落地窗外望，就是這幅景象：「秋景有時飛獨鳥，夕陽無事起寒煙。」那時幸福與安靜，也是滿滿的了。

—詩意的追問—

〈讀山海經〉　陶淵明

孟夏草木長，遶屋樹扶疏。
眾鳥欣有託，吾亦愛吾廬。
既耕亦已種，時還讀我書。
窮巷隔深轍，頗迴故人車。

歡然酌春酒，摘我園中蔬。
微雨從東來，好風與之俱。
汎覽周王傳，流觀山海圖。
俯仰終宇宙，不樂復何如。

初夏時分草木非常茂盛，群樹圍繞著屋子生長，枝葉濃蔭茂密。鳥隻藏身寄託於叢林之間而自由自在，我寓居的茅廬座落在綠樹環繞當中，心裡深自喜愛。既已耕了田，也完成了播種工作，農事之餘悠閒的讀起書。我所居住的深巷位置偏僻，與外界相隔甚遠，即使是老朋友前來探訪，也只好駕車掉轉回去。這時能喝上幾杯春酒，是最歡快的了。採摘園中的蔬菜來食用，也可以感到自足。初夏的小雨被微風從東邊吹來，天地之間好一片爽潤清涼。我隨意、廣博的翻閱《周王傳》，瀏覽《山海經圖》，閱讀著前人所知道的這個世界。在低首與昂頭之際，整個宇宙來到我面前。我看到的世界，似乎沒有言語可說了。閱覽兩書的頃刻，我彷彿知曉宇宙的奧妙，難道還有比這更快樂的事嗎？

陶淵明為田園詩傳統的開創者，其詩歌代表作品還有《飲酒》詩二十首、《讀山海經》十三首。他的田園詩中，田園生活氣息相當濃厚，隱約傳來五穀、桑麻的香氣，且充盈著勞動的辛勤與歡悅。蘇東坡〈與蘇轍書〉中評述陶詩：「質而實綺，癯而實腴。」一點出陶詩的自然本色。宋書、晉書、南史均將陶淵明列於隱逸傳。淵明成為隱逸詩人（或田園詩人）的正宗，確實順理成章。〈讀山海經〉是陶淵明隱居時所寫十三首組詩的第一首。

詩的前六句直接鋪陳其事，他描述居宅周遭的草木、眾鳥與自己的活動。不知不覺流露出寧靜淡雅的情調，音韻和諧自然，體現了詩人自身與世間萬物各安其所的美好。承此而下，描寫家宅讀書的環境。詩人居住在幽深的村巷之中，與外界似乎不相往來。生活在不受干擾的竹籬茅舍，初夏的微風著一場小雨從東而至，更使詩人享受到自然世界的清新，與天地和同、與萬物一體。他真實的感受著世界，世界也用最美好的景觀作為報償。

最後四句則概括陳述、抒發讀山海經所感所思，讓整首詩提高了哲學境界，用某種高度鳥瞰宇宙人生。他一邊泛讀《周王傳》，一邊瀏覽《山海經圖》。《周王傳》即

《穆天子傳》，內容記錄周穆王駕八駿馬游四海的神話故事。《山海經圖》則是依據《山海經》中的傳說所繪製的圖片。「汎覽」、「流觀」的讀書方式可以與〈五柳先生傳〉所說的「不求甚解」相互呼應。由此也可以看出，陶淵明讀書的態度，閱讀的真實感受。樂之好之，讀書於是成為隱居生活的精神寄託。所以詩人最後問說，在讀書有得、心領神會之際，遨遊書中宇宙，難道還有比這更快樂的嗎？

葉嘉瑩《漢魏六朝詩歌講錄》中提到：「在中國詩歌史上，只有陶淵明是真正達到了自我實現境界的一個詩人。……陶淵明的詩，就正好反映了他達到自我實現之境界所經歷過的那一個複雜的、艱難的、曲折的過程。」從這首詩中，我們看到的是矛盾過、掙扎過、痛苦過後的陶淵明，對自己的生活方式，露出了篤定的微笑。

二〇〇六年九月四日

一個人的酒杯

——詩生活——

舉杯邀明月，對飲成三人。

——李白

從前我很少一個人喝酒。通常一個人喝酒，不可能太快樂。總覺得一個人喝酒，會使寂寞更寂寞、悲傷更悲傷。不過也有例外，跟自己乾杯的時候，可以忘卻生活的重量。

印象中祖父總是叼著一根菸，在客廳裡慢慢的吞吐煙霧。打開啤酒拉環，晃著搖椅，對著電視機獨飲。我的父親過世後，祖父一直是寂寞的。只有在壽宴與過年時，他可以對著親友把酒言歡，講話的聲音愈來愈響亮。長年與菸酒相伴，他在中風後進了療養院，每天有護士照料他飲食起居。一整棟屋子，住的都是像他這樣的老人。我與母親每次去探視，他只能以目示意，傳達心中微微的歡喜。那種無菸也無酒的日子，他過了兩年多，就走了。我們燒了紙紮的樓房汽車菸酒，送他最後一程。他在生前，似乎無意訴說什麼，也或許是沒有什麼可以訴說。他的語言活動極少，頂多就是跟祖母鬥嘴，為了一件又一件的小事賭氣。他們總是爭辯不休，然後冷戰不語，如此循環不已。

這樣的一輩子，我總覺得是相當辛苦的。

祖父中風以後，我才開始喜歡喝酒的。那時在嘉義讀碩士班，除了胡思亂想什麼也不會。身為一個窮學生，要靠工讀與家教養活自己。我與同學賃居在民雄火車站附近的大樓八樓，物質的享受極為匱乏。能夠做的，就是到夜市裡買一堆下酒菜，呼朋引伴席地而坐，聊天喝酒。久而久之，酒量略有長進，與同學的感情也日漸深厚。我喜歡把啤酒倒進半透明的綠色玻璃杯中，看著氣泡浮升，不停的碰杯。我們一群人飲酒從不較量，只求盡興。喝醉了開始傻笑就去睡覺，便是最好的酒品。沒有誰嘔吐過，也沒有誰叫鬧過。

藉著酒精，鬆脫了靈魂，我們恣意交換人生的故事。我那時明白，唯有一起這樣喝過酒的，才是朋友。

後來告別了那棟大樓，回到高雄居住，生活中頓失酒伴。少有機會與家人對飲，我常常在自己的房間一邊翻書一邊喝啤酒。漸漸的不喜歡甜味過重的酒類，反倒是對帶有苦澀的啤酒益有好感。能夠懂得苦味的美感，似乎總要等到一定的年紀以後。酒能亂性，也易傷身。唯有善飲者可以掌握分寸，獲得趣味，且保養了身體。喝酒就喝酒，偏偏還有許多道理可說。李白〈將進酒〉裡是這麼講的，「古來聖賢皆寂寞，唯有飲者留其名。」似乎是在為自己喝酒找一個理由，其實是無可免於與生俱來的寂寞，才要一直喝酒的吧。陳若曦說小時候讀了這兩句詩，曾一度擔心：「不會喝酒，這輩子不但留名無望，怕還要抑鬱以終。」這種焦慮，未免太過了。

離家以後，我常常與自己的身世之感對飲，沒有沉重，只有清朗。我相信，這是帶著自己過生活，這是一個人的自在與美好。

偶有強烈的孤獨感襲來，原來自己的存在是這樣可有可無，輕如羽毛。在不被人珍惜的時候，近乎自虐的不珍惜自己。總在大樓的天台，啜飲酒汁，望著一輪明月。那時我才知道，真正的孤獨是：「舉杯邀明月，對飲成三人。」無法理解任何人，也不被任何人理解。這是自我的分離，也是與世界的隔絕。那是唐曉詩唱的〈告別〉，歌詞與旋律不斷在腦海裡一圈圈擴散：

我醉了　我的愛人
在你燈火輝煌的眼裡
多想啊　就這樣沉沉地睡去
淚流到夢裡　醒了不再想起
在曾經同向的航行後
你的歸你　我的歸我

都已經是過去了。那段日子往往為了小事流淚，幾乎分不清夢境與清醒。自我與世界之間有了裂痕，看似永遠無法彌合。即便清輝照耀，也無法預知彼此的歸向。然而，都已經是過去了。現在可以一個人喝酒，一個人微笑。不管寂寞不寂寞，生活裡有了熱情與盼望，喝起酒來就都會是快樂的了。一個人的酒杯，可以裝得下世界。更何況，某些人離開以後，有許多人走進自己的故事裡。來來去去之間，總算明瞭了，生命中孤獨的原型並不可怕，可怕的是對它繳械。我也知道了，可以真實感受的愛，是至誠的祝福，是無所為而為的付出。

張愛玲說：「只要有人與人的關係，就有曲解的餘地。」我卻更願意相信，在人與人的關係裡充滿了理解的可能。在這個冬天，我第一次與母親出國旅行。日夜相處，發覺可以溝通的話語不多。然而，我們最好的交談，卻是不用話語，而是舉杯。當母親無法更酌，我便接過她的杯子，一飲而盡。母親跟我說，真是可惜了那一批好酒。原來是前陣子老家的屋子進行翻修，父親的某些遺物因此得以重見天日。父親生前也愛小酌，藏了不少好酒。只是，經過了二十多年，那些琥珀、水晶色澤的液體都已蒸發殆盡，空餘瓶身，裝著滿滿的寂寞。

那些蒸發掉的寂寞，或許本來就不想被人知道的啊。我對母親說，或許是父親回來把它們喝光了。

有酒可喝的時候，我已經很少在意，是一個人或者很多人了。

獨酌時總是想起，在〈六朝之後酒中仙〉這篇文章中，楊牧很謙虛的說他自己稍識酒趣，對杯中物有濃厚的敬意。「古人喝酒，和樂且湛，威儀幡幡——人多固然最好，獨飲也有其孤高的境界。」當他遷居西雅圖後，因為缺少對飲者而酒趣趨減。一個人的時候，也可以擁有這樣的快樂：「有時春日遲陽，徜徉小園徑上，枯坐可以獨飲；夏夜星火，閒散陽臺階前，俯仰可以獨飲；秋夕風涼，改訂舊作於孤燈之下，舉手挽杯可以獨飲；而冬雪飄飄，擁坐書城，拆讀友人遠方來信，嘻笑嗔怒之間，未嘗不可獨飲。」這裡頭有悠閒，有情趣，有飽滿的生之情緒。

在一個人的酒杯裡，應該可以有一些快樂。

——詩意的追問——

〈月下獨酌〉四首（其一）　李白

花間一壺酒，獨酌無相親。
舉杯邀明月，對影成三人。
月既不解飲，影徒隨我身。
暫伴月將影，行樂須及春。
我歌月徘徊，我舞影零亂。
醒時同交歡，醉後各分散。
永結無情游，相期邈雲漢。

我在花間置放一壺美酒，自斟自酌，身旁沒有一個可以暢敍心事的人。只好舉起酒杯，邀請天上的明月對飲，加上自己的影子，好像是三個人在喝酒，才稍稍不覺得寂寞。然而，月亮本來就不懂得飲酒之趣，影子也只是徒然隨著我的身體搖晃。所以暫且與月亮、影子相依，趁著美麗的春色及時行樂。當我唱起歌來，月亮就在天空中徘徊，當我跳舞影子就顯得零亂。清醒時，我與月、影同歡共樂，酒醉後和它們各自離散。我但願能夠與它們結為忘情的知交，一起遨遊，相約在天上渺遠的銀河畔聚首。

李白的〈月下獨酌〉共有四首，為一組五言古詩，這是第一首。從字面上看來，輕狂挑達的李白似乎自得其樂，可以邀請明月、身影共飲，歡暢的進入醉鄉。可是當我們仔細尋思，「無相親」幾個字卻透露出濃濃的寂寞感。那是一種與生俱來的孤獨，無人能夠理解的悲涼。這首詩總共十四句，雙句押韻，先押平聲韻，後押仄聲韻。前八句用平聲真韻，韻腳為：親、人、身、春。後六句用去聲翰韻，韻腳為：亂、散、漢。在聲音的安排上，先平後仄的用韻方式，似乎暗合了心事的抑揚起落。

此詩開筆不俗，「花間一壺酒，獨酌無相親」，訴說心中煩憂。或許才華未能受到賞識，抱負無法施展，於是獨自默默飲酒，以澆胸中塊壘。為了讓情緒找到出口，便舉杯邀月，對影成三，試圖製造表面的歡樂熱鬧，以掩飾內心深處的孤寂之感。而所邀為月，所對為影，更加突顯出無人相親的狀態。不被世人理解，只好對著無情無感的月影，訴說自己澎湃的情感。隨後意義再次翻轉，畢竟月不解飲、影徒隨身，無法真實的進行情感的交流，與之相對更添一種感慨，無人能夠理解的感慨。即便如此，月、影的存在仍可讓詩人聊以自慰。「暫伴月將影，行樂須及春。」這兩句，可說是無可奈何中唯一的選擇。前八句平聲真韻，讀來哀感惆悵，近乎嘆息。

接著六句語調激切，以仄聲韻營造出積鬱之深。「我歌月徘徊，我舞影零亂。」重複用了兩個「我」字，足見詩人對於自我完成的重視。對著月、影，放歌起舞看似做作，其實是在點出一個醉後的世界。藉著酒精，他才可以放浪形骸，向天地傾訴衷腸。這酒後歡樂至極的意象（或假象），更對照出清醒時的苦悶。「醒時同交歡，醉後各分散」話鋒一轉，看似沉醉卻清醒，在無知無感的世界裡彼此離散。這種感覺真像徐志摩說的：「你記得也好，最好你忘掉，這交會時互放的光亮。」最後以無情之遊，相期雲漢作收，將希望寄託於遠天，在在顯示人間有情才造成了詩人的痛苦。正因為太有情，痛感才會那麼強烈。

李白以詩酒聞名，杜甫〈飲中八仙歌〉如此描述：「李白一斗詩百篇，長安市上酒家眠，天子呼來不上船，自稱臣是酒中仙。」真的是任性自在極了。可是他經世濟民的大志始終未能實踐，所以在諸多的飲酒詩篇中，狂放的表達了情志，也訴說了憂鬱。他的詩中常常出現月亮，常將星、月人格化，賦予生命情感，以便投射自己的心緒。〈把酒問月〉中便寫道：「青天有月來幾時？我今停杯一問之。」這首〈月下獨酌〉亦復如此，當心情無可訴說的時候，唯有青天朗月可以是知音。

即使沒有對象也要訴說，天地之間彷彿傳來低低的回音，這才是最真實的孤獨吧。

當你孤單你會想起誰

——詩生活——

空山松子落，幽人應未眠。

——韋應物

許多時候，一個人便能自在且自足，散步在海濱小徑。或者是星夜，或者是海霧生起，就只是靜靜的走著，什麼都不想。唯有當悲欣之情生發於心，會想要身邊有人可以說說話。這樣的時刻，心中要有人可想、值得想，便非常重要了。而可想、值得想的那些人，在想像之中，跨過寂寞邊界，一一都到眼前來。自己的意向得以緣附於這些想像，豁顯又豁顯，這人生彷彿變得可靠了。

然而曾經好長一段時間，走在街上四處都可聽見這樣的歌聲：「當你孤單你會想起誰？你想不想找個人來陪？」那不是十多年前的老歌了嗎？卻在許多年之後，由新一代的歌手翻唱，重又傳進耳朵。心裡暗忖，要面對孤獨的自己，真是一件不太容易的事嗎？街上人群擁擠，相互靠近而偶有磨擦甚至碰撞。一個人與另一個人之間，總是由不得自己。

也是許多年前的事了。當王菲還叫做王靖雯的時候，她唱著〈我願意〉：「思念是一種很玄的東西，如影隨形。」這些情歌，餵養了許許多多孤單的靈魂。聽歌的靈魂會不會因此變得更強壯，不得而知。但可以確定的，一個人再怎麼拒斥與他人溝通，訴說的願望、理解的可能，總是需要的。

十多年前聽〈當你孤單你會想起誰〉，如聽兒歌。簡單的旋律與歌詞，重複疊唱就容易朗朗上口。那時班上有個怪咖，高中三年不曾與同學說過話。似乎是語言障礙或是怎麼的，他就是不說話。除此之外，再無異常。他常常羞紅著臉，跟我們比手劃腳。一切表達，完全不落言詮。起先都要揣測好久，才能稍微意會。後來熟悉了這套表意模式，大家跟他的對話，就在眨眼擺頭之間。某一個南國秋天的下午，走向操場上體育課的途中，我突然極為驚奇的發現到，原來他也是需要人陪的。他站在走廊一隅，等我們一群人呼朋引伴要上課去了，他才跟在我們身邊。一樣，什麼話也不說。不說話，但仍有感受他人存在的需求。

我幾度猜測那樣的生命情態，簡直就是最孤寂的星球，一己的運行軌道永遠與他人沒有交接。自體運轉，自己以外的事物盡皆無關。然而，事情好像又不是那樣。就在那陽光灑落的瞬間，秋涼間雜了一些閃耀的溫暖。我以此身受之。並且，看見那個人的寂寞。一群人走向下一堂課，那位沉默的同學就在我們身邊。畢業後各自分散，不聞彼此音訊以迄於今。

無論再怎麼離棄世俗，看淡世間情分，一個人總要對這世界有話好說，生命才見整全。情愛當然有時而盡，而這個世界我們在著，就要面對在著的煩惱。弘一法師預知自己離世日近，寫給摯友夏丏尊一偈：「君子之交，其淡如水。執象而求，咫尺千里。問余何適，廓爾忘言。華枝春滿，天心月圓。」生命以此作結，該是幸福的了。一切完好如缺，世界在光照裡朗現自身。當自己懂得了，也就希望這心情能被懂得。想來是理解的命運了，弘一試著去說，我好奇，當時寫偈的他心頭浮現了什麼？他是不是預設過這些文字的傳達，會有怎樣的重量？

書信當然是比較不直接擾人的，收與受之間猶有一點安全距離。電話鈴聲太過迫人，簡直是來收人魂魄的。午夜鈴聲尤其令人驚悚。以此判斷交情深淺，似乎未嘗不可。在深夜時候想念，有沒有一個人是可以被自己喚醒，就只是說說話的？孤單的時候，除了親人妻兒，尚且會希望有誰可以相聚談讌？

心中有懷，我總要想起一千多年前的韋應物。那樣純粹、空靈、沖淡的字句湧現眼前，「空山松子落，幽人應未眠。」他獨自散步時，投以想像，情思於是乎有寄。這是他對世界的想像，也是他對遠方、對故人心情的想像。這想像需要被對方知道，不為什麼目的，正為那當下的美好需要被知道。幾次手抄韋應物這幾句詩，心頭靜靜的，彷彿能夠置身於一座空山，沒有人語，就只聽見松果落下。這世界沉睡，而心事尚未入眠。

余秋雨〈關於友情〉裡面說：「真正的友情不依靠什麼。不依靠事業、禍福和身分，不依靠經歷、方位和處境，它在本性上拒絕功利，拒絕歸屬，拒絕契約，它是獨立人格之間的互相呼應和確認。它使人們獨而不孤，互相解讀自己存在的意義。因此所謂朋友也只不過是互相使對方活得更加自在的那些人。」他特別提到了李白與杜甫的交情，可能是中國文化史上除俞伯牙和鍾子期之外最被推崇的。李、杜相遇既晚，復匆匆為別。兩人之間以情性知交，以詩心相繫，時空既是阻礙，也是維持情義的必備條件。正因道里阻隔，想念有以發端，於是兩人頻頻酬唱，美好的心靈被時間留存了、被世界成全了。李白給杜甫的送別詩是：「飛蓬各自遠，且盡手中杯。」那又是何等瀟灑，而契合竟都是被隔閡證成的了。

當你孤單你會想起誰？在我散漫的腳步聲裡，有了輕巧的回音。這世界恆常佇立在可說之中，我恆常傾聽那來自靜默的訴說。有個人好想，有些生命歷程已經銘刻為歷史供自己反覆沉吟，便可以試著說開始懂了，相信了。春華與秋實，都在心與心之間找到了定位。

詩意的追問

〈秋夜寄邱二十二員外〉 韋應物

懷君屬秋夜，散步詠涼天。

空山松子落，幽人應未眠。

想念你的此刻，正是秋天的晚上。天氣新涼，我悠閒地獨自散步，一邊念著起起落落的詩句。空山之中，松子有時飄墜無聲。隱居修道的故人啊，你這時候或許也還沒睡著吧。

這首詩又稱〈秋夜寄邱員外〉，大約是貞元五年（七八九年）或六年，韋應物（七三七—七九二？年）在秋夜裡獨自散步，因為思念在杭州臨平山中修道的朋友邱丹而寫。這是唐人五言絕句中的佳構，也是韋氏代表作之一。

韋應物，生於唐玄宗年間，長安人。因其為官宦世家子弟，十五歲以門蔭補三衛，成為玄宗御前侍衛。先後擔任滁州、江州、蘇州刺史，一再地出仕、罷官，是其人生道路。他生活的年代大約在安史之亂前後，大唐國力由盛轉衰。他在大歷、貞元詩人中自成一家，其詩以寫田園風物著稱，直追陶淵明、二謝。後人將他與陶淵明並稱為「陶韋」，和柳宗元並稱「韋柳」，又與王維、孟浩然、柳宗元並稱「王孟韋柳」。簡淡古樸、澄澹空靈是其詩作特色，在紛亂時代中內視自省，又能與萬化冥合。所以白居易《與元九書》說他的五言詩：「高雅閑淡，自成一家之體。」翁方綱《石洲詩話》則以為他的詩「奇妙全在淡處，實無跡可求。」

邱丹是詩人邱為之弟，曾經官拜尚書郎，貞元初年歸隱臨平山。唐人習慣以排行相互稱呼，邱丹排行二十二，所以作者叫他二十二員外。此詩前兩句以淡淡秋氣開啟思念的聲響，涼爽的天候，有信步晃蕩的美好。詩人沉吟，懷念遠方山中修道的朋友。後兩句則放恣想像馳騁，超逸當下、跨越時空，彷彿親臨故人修道的空山之中，彷彿看到松子熟落。料想遠方的那人也尚未入眠，或許也在想念著自己罷。

這就是想像神思的力量了。透過想像，天涯也可咫尺。透過想像，所思所盼可以如在眼前。《文心雕龍．神思》是這麼說的：「文之思也，其神遠矣。故寂然凝慮，思接千載；悄焉動容，視通萬里。吟詠之間，吐納珠玉之聲；眉睫之前，卷舒風雲之色。其思理之致乎。」韋應物此作，與劉勰的文學創作理論不謀而合。讓想像帶著自己，去到很遠很遠的地方。思念有所投遞，便可喻之於懷了。

二〇〇六年二月二十二—二十三日

真相需要時間

詩生活

周公恐懼流言日，王莽謙恭未篡時。
——白居易

蓋棺尚且未必能夠論定，說政治人物的功過都還太早。姑且不論美國深喉嚨現身爆料以後，台島之上政論節目紛紛揣測有沒有可能出現台灣深喉嚨。歷史始終存在謎團，現在說真相，仍然太遙遠。

回到生活本身，我們的世界不也充斥著謊言與虛偽嗎？每每開車行經農產品集散地，總會看見斗大的標語寫著「純龍眼花蜜，不純砍頭」。若要追究其精純與否，那麼頭大概是砍不完的了。我的同事如此解釋，反正不純就去砍蜜蜂的頭呀。或是在水果攤上，小販呼喝著包甜的，未必都是那麼一回事。面對這些，我們不都是聽聽就好。揀擇食物、挑選餐廳，常常可以立辨真假、判斷好壞。一次失誤頂多拉拉肚子，弄壞心情而已。而人與人之間，若是受到虛假矇蔽，代價或許可不是一生一世而已。

近來名人家暴事件頻傳，受害者自曝傷痕，悔恨的都是早先不知道。他們說看不出來會是這樣的人，平日衣冠楚楚溫文有禮的，怎麼酒後就失控，對自己最親近的人拳腳相向。報紙社會版上性侵新聞屢見不鮮，那些披了羊皮的惡狼怎麼全是一副溫良恭儉讓，事情被揭穿了猶有人不相信他們會做這樣的事。知人知面，就是無法勘查到那些陰暗汙濁的心。識人之難，正在於無術可以觀心。

即使孔子提出一套方法察人：「視其所以，察其所安，觀其所由，人焉廋哉？人焉廋哉？」可以為識人通則，也不能保證從此面對人事可以十拿九穩。足以確定的是，保持眼光準確可以避免誤差。一位女性朋友說起擇偶條件，除了人品還是人品。容貌與財富有時操之不在自己，唯有品格可以自我砥礪鍛鍊。所以她結交朋友，首要之務就是檢視那人如何開車。喜歡蛇行亂竄的，想必急躁又性喜鑽營，出局。一邊開車一邊講手機的，實在輕浮托大，枉顧自己與他人性命，出局。會隨手把垃圾丟出窗外的，出局。抱怨咒罵與三字經不斷的，出局。這些判準有根有據，既然無法直接探測本心，那麼就從這些枝微末節細小動作去揣度其品格了。外顯的行為再怎麼造作，總有露出破綻的時候，言詞再怎麼虛飾，也有穿幫露餡的剎那。

第一次讀到這詩句是在金庸的武俠小說裡。《倚天屠龍記》第三十四回「新婦素手裂紅裳」中，張無忌面對周芷若、趙敏兩女，也只能選擇相信他所願意相信的。況以周芷若貌若桃李，一副秉性溫厚模樣，而趙敏素來心狠手辣，任誰都無法在當下做出明智的決斷。唯有金毛獅王謝遜眼盲心不盲，可以洞穿一切。金庸可說是巧設機關，讓一個瞎子來映顯出明眼人其實一點也沒有比較聰明。「執象而求，咫尺千里。」執著於自以為的真相，到頭來是愈走愈錯。人性大抵如此，一旦心中有了定見（或偏見），要說服自己識見有了差池，重新修正自己的觀點，實在是難上加難。

後來趙敏為了洗刷自己的莫白之冤，安排綵車演出兩幕歷史劇。其中一幕是「周公流放管蔡」，另一則是「王莽假仁假義」。金庸安排四面布旗出場，寫的四句詩便是：

「周公恐懼流言日，王莽謙恭下士時，若使當時便身死，千古忠佞有誰知。」文句稍有更動，意思卻是一樣的。（這詩句王安石也用過，他已稍稍更動白詩為「周公恐懼流言日，王莽謙恭下士時」。不過宋人援引唐代前賢著作往往不注明出處，以致明人劉定之誤以為是王氏原創之作。）看到這些，張無忌一下子迷惑起來，他想起當日冰火島上義父金毛獅王曾說過這兩段故事，心下隱然有所觸動：「所謂路遙知馬力，日久見人心，世事真偽，實非朝夕之際可辨。」

非朝夕可辨的那些，總要在時間過去以後才有撥雲見日的機會。也或許，歷史的謎團永遠無法解開，真相永遠沉睡。因為存在就是一則最大的疑雲，所以人類對於真相永遠有無盡的渴望。我們會在意，孰真孰假。我們也擔心，自己是否被矇蔽了，有沒有誰騙了自己？關於自己的事小，一個人承擔就是。關乎社會國家的，則是全體的共業了。徐克導演的新戲《七劍》改編自梁羽生的武俠小說，劇情發展到最後，內奸終於現身，冷冷的說了一句：「真相是要人命的。」令人思之喟然。為了埋葬真相，權力者往往犧牲他人的頭與血，讓歷史失聲。為了要一個公道，不容青史成灰，除了耗時間，這時代還要有像齊太史、晉董狐那樣的勇者。

真相需要時間，真實需要眼力。我們或者可以樂觀的以為，時間沉澱渣滓、滌清泡沫，眼睛擦亮了，真相終於水落石出。而或許除此以外，我們還需要一個勇敢的靈魂，以及他願意誠實發聲的深喉嚨。

——詩意的追問——

〈放言〉五首之三　白居易

贈君一法決狐疑，不用鑽龜與祝蓍。試玉要燒三日滿，辨材須待七年期。

周公恐懼流言日，王莽謙恭未篡時。向使當時身便死，一生真偽復誰知。

讓我告訴您一個方法，不需要龜著占卜，便可以解決揣測與狐疑。要檢驗玉的真假必須燒滿三日（據說真玉燒三日而不熱），辨別良材則要等上七年（豫章木生七年而後知）。當周公輔政，流放管、蔡，人們不都說他意圖謀篡，那流言真是令人恐懼。而王莽下士禮賢的時候，天下人莫不說他忠信正直，誰又知道他圖謀不軌呢？假使他們當時早死，未到最後的關頭，一生的真假有誰能夠看得出呢？

白居易（七七二—八四六年），字樂天，號香山居士，唐下邽人（今陝西渭南縣附近），生於唐代宗大歷七年，卒於武宗會昌六年，年七十五。晚年放意詩酒，號醉吟先生。中唐詩人往往根據政治主張提出詩文論述，文學作品因而承載了政教功能。他的詩歌現存三千八百餘首，就數量言，在唐代詩人中首屈一指。元、白主張詩歌的社會功能，提倡新樂府運動，使得一代文學至此又有新變。

白居易《放言》五首詩前有序說道：「元九在江陵時，有放言長句詩五首，韻高而體律，意古而詞新。予每詠之，甚覺有味，雖前輩深於詩者，未有此作。唯李頎有云：濟水自清河自濁，周公大聖接輿狂。斯句近之矣。予出佐潯陽，未屆所任，舟中多暇，江上獨吟。因綴五篇，以續其意耳。」對於好友元稹的放言詩，白居易自是大加讚賞，以為發人所未發，元稹寫出前輩詩人不見得能夠寫出的好詩句。

白居易每以元九稱呼元稹，係唐人習慣以排行為名。元和五年，元稹得罪權貴，被貶放江陵，寫了五首《放言》律詩，藉以排遣自己的悲懷。五年後，元稹一度被召回，但不久又貶通州。讀完元稹的詩，不禁手癢的白居易，亦寫出同題五首以為呼應。元白時相酬唱，繼元稹五首《放言》詩之後，白居易亦有言可放，兩人知交深篤由此可見一班。元和年間，白居易任左贊善大夫，因上表奏請追緝刺殺宰相武元衡的兇手，得罪權貴，以其越權進諫而貶江州司馬。詩人有感而發，或許也是想要藉著文學來驗明自己的一生真偽吧。

可惜不是你

——詩生活——

此情可待成追憶，只是當時已惘然。

——李商隱

經過那麼長的時間，我還是一再想起伊高中時對我說過：「人生若沒有諸多遺憾，又哪來千般滋味？」即使漸漸要邁入中年，魯莽成性的我，總還是輕易妄下決斷，嘴角揚起桀驁。如果每一個當下，都能夠自己承擔，自我感覺想必非常良好。我喜歡事前不猶豫的阿沙力，但是想要事後不後悔，卻備覺困難。一旦事過境遷，在遺憾追悔中，恆常可以體會往事的昇華，提煉出一種傷過心的美。或許，這也沒什麼不好。

高中還沒畢業我就去學開車，一心想要載著自己心愛的人遊走天涯。後來總被說，未免太自以為了吧。自己想闖天涯，對方不見得願意陪伴呢。不知道為了什麼，每次談戀愛的時候，我總跟對方提議要一起開車環島。我很喜歡車內空間，兩個人剛剛好。距離剛剛好，溫度剛剛好，交談與沉默也都剛剛好。年輕的時候，總覺得向著未知出發是幸福的，因為無知，便常常過度預期美麗的前景。反正有的是時間，於是迷路也無所謂了。我總是說，我要帶你去，卻極少顧及對方是不是願意陪我前去。多麼一廂情願的，以為兩個人就等於我們。遠方的風景讓我說得興高采烈，結果是，從來沒有人跟我一起，一台車凸全台灣。每一次分手都不一樣，有時心肝都要被催裂，而有時只是微有疙瘩。特別的是，最近幾次以結婚為前提的交往，充滿盤算衡量，捨去以後竟然好一片天地寬闊。這大概是預設立場必然產生的結果吧。

想來自己是個奇怪的人。七、八年內在好幾個縣市之間遷徙，孤獨於我何有哉。然而就在獨來獨往時，與一些美麗的風景、人物相遇。幾度很認真的對他們說過，有你真好！只是自己的生活裡偏又容不下太多外力入侵，故事的終點就是回到起點。比較難堪的是，終與始往復循環，年華忽忽消逝，再也沒當初那麼多青春資本揮霍在戀愛上了。時間怪物讓我的心與身俱變，懶散，鬆弛，發福。重量跟表面積都增加，熱情跟勇敢愈來愈少。有時自我安慰，能如此自覺算是好的。最怕無知無感，徒然浪費精力在不值得活的人生。說值得太過沉重，若是有人問我值得與否的問題，我一定皺起眉頭。

二〇〇七年暑假，把試務工作做完，我終於可以出發了。有人問，「你要去哪裡？」我聳聳肩，搖搖頭，說不知道。把行李上車，飲料零食備齊，音樂也已經足夠，旅程就此展開。我從台北走北宜高速公路，接蘇花公路，在花蓮、台東停留了五、六天，趕在颱風來臨之前走南迴到高雄。颱風過後，才又北返。這段旅途耗掉十幾天，許多風景是舊時相識，觸景難免牽情。途中看到好些人單車上路，用更慢的速度體驗這塊土地。早幾年，也想過單車環台。而現在，那想頭早已不知所終。以旅途比況人生，如今看來實在太老套。可是，在電影《單車上路》、《盛夏光年》裡，我卻讀出這種比喻的清新滋味。戲裡的青春男女，為著不同的目的上路。機遇與巧合又把人帶向下一段人生。我自己的旅程，到底有什麼收穫自己其實也不清楚。只是單純的這麼想，應該，必須，要，特別是在這樣一段沒有感情牽累的時光中。也有可能，是為了彌補十年前感情風暴時，那股想要逃脫的衝動。

一九九七年，香港回歸。我從兩個人回歸到自己。

一九九七年初，我讀到日本演員唐澤壽明的自傳《兩個人》，很認真的跟著他的文字去想眼前的一切：「難道這就是自己想要的嗎？」逃離學校、家庭，甚至被訓練班趕出來的青年唐澤，為了一圓演員夢，落得居無定所。他說有好長一段時間，一直都是「一個人」。在《兩個人》裡，唐澤壽明自述與山口智子的戀情，愛情長跑八年，終於在一九九五年十二月結婚。隔年，山口智子與木村拓哉拍完《長假》後，便逐漸淡出演藝圈，全心全意投入家庭。

這段婚姻幾度傳出危機，日本媒體揶揄他們是「假面夫妻」。演藝圈的真真假假難辨，本來無足為奇。二〇〇七年九月一日的影劇新聞，卻讓我嚇了一跳。那則新聞言之鑿鑿，報導山口智子在奧地利的「偷吃行徑」，說她與一名男子狀似親暱，並且惡毒的寫著「唐澤綠雲罩頂」。在此之前，可都是唐澤傳出不倫的緋聞啊。兩相對照，《兩個人》裡所寫的相知相惜，現在讀來真是令人感傷。我大學同窗近來紛紛結婚生子，不久又傳來婚姻破裂爭監護權的消息。情感的分分合合已是司空見慣，目睹美麗的初衷吋吋陷落、敗退，才讓我最感到難過。本心是什麼無可考證，眼前所見最大悲哀，往往是蒙了塵的、怎麼也擦不乾淨的一顆心。我無法忍受這種髒，所以得盡量想辦法不用忍受。

我的同事諄諄告誡，兩個人比一個人好。我藐藐回應，那得要看自己跟另一個人是怎樣的貨色吧。我常用一種方法檢驗，另一個人是否能夠與我好好相處。那方法是，讓對方上我的車。密閉的小空間，最能考驗彼此言語、氣味、習慣能否相合。我超討厭一上車就嫌冷氣太強、座位不舒服的女性，也不喜歡人家任意調整電台頻道、音量大小，更受不了用力甩門、把垃圾留給我的乘客。如此想想，難怪我要一個人上路了。當然，把車廂情境改到KTV包廂，也約略可以考驗彼此。幸運的是，我還沒成為那種注定要一個人唱歌的龜毛男。

有回KTV夜唱，M唱著梁靜茹的歌，靜靜流下淚來，讓我霎時手足無措。那歌詞是這樣寫的：「可惜不是你，陪我到最後。曾一起走卻走失那路口。感謝那是你，牽過我的手，還能感受那溫柔。感謝那是你，牽過我的手，還能溫暖我胸口。」M走出KTV才說起到底為了什麼。M的初戀情人娶了M的同班同學，因為人際網絡的層層牽絆，M怎麼也躲不開那一對夫妻的音訊。雜訊傳來，平靜的生活就會無端掀起風浪。M

說早已無掛礙了，只是這些干擾讓自己頗無辜。M咬牙切齒的模樣，讓我相信她或許會復仇的。可能像夏宇寫的那樣，把對方風乾，醃起來，老的時候下酒。M與我從高中就認識了，看見過彼此歷來的感情變遷。感情的滄海桑田，曾不足以一瞬。當水去雲迴，心與心之間，向來總是一杯春露。冰冰涼涼的世界，我們偶爾想起曾經有過的熱切、原初的美麗，便覺得可惜是有溫度的。

關於時間與記憶，李商隱說：「此情可待成追憶，只是當時已惘然。」自己經驗過的世界，他人永遠無法完全理解。感情的傷害，別人也無法代替承受。明知鏡花水月、美人白骨，這世界從不曾為誰停止轉動，卻還是貪心的想要擁有，要的比自己所想的多更多。從第一年教書到現在，我老是一張烏鴉嘴，預言學生當前的熱戀，終歸要落空、要失望。每一年都說，每一年都看著血淋淋的結局重演。我都說了，我自己就是活生生的例子。沒有一種愛不是這樣的，來時無影、去時無蹤，根本無從把握。然而，我們人生的難題是，要遭遇過了，才能相信那是真的。這是真的，若能穿越時空的荒涯，能於千萬人中遇見，便不枉了。管它可待或是惘然，終會一時明白起來。我問過他們，也問過自己，覺得可惜嗎？徹底的流過淚以後，眼前一片乾淨，唯有朗朗地說著，不可惜的。

那是一首遺憾之歌，歌名便叫作〈可惜不是你〉。

我與伊分別多年，幾年不通消息。某回獨自去看《新天堂樂園》完整版，用三小時看著電影中的少年變得蒼蒼老矣，我一時怵惕惶然。他曾年輕過，愛過這世界。不知不覺地變老，看世界傾頹，不捨又不忍。走出電影院，在燒烤氣息與栗子香味中，我站在街上發簡訊給伊。我的手機屏幕一個字一個字慢慢浮現：「時間過去，這世界有崩毀、有成全，有恍然的明白。」

但我沒有說，可惜不是你。

詩意的追問

〈錦瑟〉 李商隱

錦瑟無端五十絃，一絃一柱思華年。

莊生曉夢迷蝴蝶，望帝春心託杜鵑。
滄海月明珠有淚，藍田日暖玉生煙。
此情可待成追憶，只是當時已惘然。

我在猜，是不是因為不能說的祕密，讓李商隱有了這樣曲折的心情。我也常常懷疑，當往事不斷撩撥心弦，遠方會不會傳來溫柔的回聲？有些話不能直說，於是留下了深深淺淺的謎面，造成了距離，產生了詩意。至於真實是什麼，或許只能推測，李商隱是這麼想的——

綺麗的瑟啊，為什麼沒有端由的有著五十根琴弦？每一根琴弦、每一根柱，在在使我想起已然逝去的美好歲月。這心情彷彿莊周在清曉的夢中，幻化成翩翩的蝴蝶迷離飛舞。也或許像古代蜀國君主望帝那樣，將滿腔心事託付給哀鳴啼血的杜鵑。當明月照耀，滄茫的大海中，我已分不清那究竟是晶瑩的珍珠或鮫人的淚水。暖日曝曬，藍田因為有美玉蘊藏，地面升起陣陣輕煙。所有的情感，不管再怎麼美好，只怕都將成為記憶罷。心頭浮現往日情事的時候，才覺得一片惆悵、惘然。

李商隱，字義山，號玉谿生、樊南生，懷州河內（今河南沁陽）人。生於唐憲宗元和八年（八一三年），卒於宣宗大中十二年，年四十六。商隱自幼孤貧，擅長為文，令狐楚賞識他的才華，延攬為幕僚，並傳授以駢文技巧，獎掖甚力。文宗開成二年（八三七年），商隱取得進士資格，同年冬，令狐楚卒。次年，令狐楚的喪事後不久，李商隱應涇原節度使王茂元的聘請，去涇州（今甘肅涇縣北部）做了王的幕僚。王茂元非常欣賞李商隱的才華，將女兒嫁給他。從李商隱後來的經歷中可以看出，這樁婚姻將他捲入牛李黨爭，因而一生抑鬱不得志。先後任祕書省校書郎、太學博士等職位。商隱工七律、七絕，造語精麗，工於用典，意境朦朧迷離，情感委婉曲折，為晚唐唯美文學之代表。著作有李商隱詩集、李商隱文集。

這一首〈錦瑟〉，是出了名的難解。宋、元以來的詮釋者眾說紛紜，找不到定論，也無法有定論。正因為詩無達詁，難以言詮，反而讓我們有更寬廣的詮釋空間。李商隱在這首詩裡，巧妙運用典故、象徵、意象，把詩的特質發展得淋漓盡致。

詩題「錦瑟」，乃是取用起句的頭兩字。原有人認為這是一首詠物詩，但許多詩家似乎都認為真正的詩意與瑟無關，事實上是借瑟隱題的「無題」之作。用「無端」兩字來講瑟，同時也暗示自己的情感經歷，是那麼「沒來由」、「平白無故」。詩人質問錦瑟，為什麼要有這麼多條弦？而「一弦一柱思華年」，關鍵正在於「華年」二字。兩句合起來看，意思是：聆聽錦瑟之繁弦，沉思華年之往事。不需要原因，也不需要邏輯，時間自會告訴我們感情故事的結局。非要到了某個年齡之後，人生的感觸加深，才能豁然察覺那許多的沒來由。這沒來由令人迷離難辨，那麼，又何必苦苦追問？不過，就是在追問的過程中，反而更加凸顯詩人心中的眷戀不捨。

頷聯用典精妙、對仗工整。上句用莊周夢蝶之典，世事一場大夢，生而為人，有幾人不迷？生命中的徬徨歧路、無助無依，不過只是夢中風景。不管真實或虛妄，我們身在其中，這就是迷。下句中的望帝，乃傳說裡周朝末年蜀國君主杜宇。杜宇禪位給宰相後隱居，不幸國亡身死，死後魂化為鳥。這鳥鳴聲悲戚，名為杜鵑。牠每天淒厲的叫著：「不如歸去、不如歸去。」所以蜀人相信，牠叫到最後，血會噴出來染紅花朵。杜鵑花上的紅點，被認為是杜鵑鳥悲啼泣血所致。這故事裡面蘊藏一種對生命的熱情，至死不休。李商隱詩作裡的杜鵑、春蠶、蠟炬……，有異曲同工之妙。他表現出極為堅決的態度：為了美麗的情感，是可以用生命獻祭的。莊周夢蝶、杜鵑啼血，與錦瑟本來無關。而詩人善於聯繫聲音、意象，讓一曲繁弦喚醒蝶夢，而鼓瑟之聲迢悵悲切，恰如杜鵑之哀啼。看似無心安排，卻有一以貫之的脈絡可尋。

頸聯則寄予遙遠的想像，「滄海珠淚」、「藍田生煙」二句，皆出自美麗的民間傳說。這兩句句意朦朧，難以落實來解，最好直接從字面的質地去體會美的客觀與主觀。傳說中，鮫人流下的眼淚會變為珍珠。而藍田是一個產玉的地方，傳說地底若是藏有奇珍異寶，地面就會在晴日下升起絲絲縷縷的煙霧。滄海生珠、藍田產玉，暗藏了異常美好的情感狀態。李商隱在這些客觀的意象上，賦予主體的生命感。人的一生到底有什麼意義、要追求什麼、該要證明什麼？這一切只能自己體會，即使他人口傳心授，亦多是徒然。在中間兩聯，尤其可以看出詩人想要瞭解，與被瞭解的需要。

末聯最是清淺明白，有做出結論的意味。「此情」與開端的「華年」相互呼應，在時間裡完成的，或許也將被時間改變、摧毀。當一切已經過去了，才驚覺韶華曾在、美麗曾在，留不住的故事只有將它融入記憶了。而記得與忘卻，又是我們無能為力的。

《舊唐書》中說李商隱「俱無持操」。《新唐書》則說他「詭薄無行」。我卻在他的詩裡讀到反證，飽滿的生命力與對感情的堅持，構成一幅又一幅理想的景色。我喜歡像李商隱這樣耽溺的詩人，可以勇敢，可以溫柔。

在暮色中

詩生活

向晚意不適，驅車登古原。
夕陽無限好，只是近黃昏。
——李商隱

傍晚在淡水河邊散步，心中浮起李商隱〈登樂遊原〉的字句。這首詩的句意簡單而直接，很不像李商隱作品慣有的風格。神祕難解的他，竟也有這樣明朗的詩作，讓我覺得有種斷裂感，與其他作品似乎不太能聯繫。李商隱，字義山，號玉谿生、樊南生，懷州河內人。生於唐憲宗元和八年（八一三年），卒於宣宗大中十二年（八五八年），年四十六。牛、李黨爭時，他捲入政治漩渦，飽受排擠，一生際遇坎坷，困頓失意。他的詩大多寫惆悵失意，以及時代的苦悶。他的愛情詩纏綿淒美，詠史詩則寄託懷抱，在在充滿陰鬱的神色。

親臨現場跟讀作品的感覺想必不同，箇中滋味如何，需要進一步探索。賴瑞和在《杜甫的五城》中提到，他身處西安城的一大發現，便是在城中絕對望不到群山。翠華、驪山、終南山遙隔三十公里路，不可能清楚呈現眼前。唐代詩人總是喜歡寫登高瞭望更遠的昭陵，講得跟真的一樣。就文學的想像而論，這或許只是寄託之詞罷了。賴瑞和講李商隱之所以驅車「登」古原，乃在於李商隱走的路正好是一段上坡路，必須辛苦而「登」。那一年詩人已過四十，喪了偶，吃力的上坡，心情想必是「不適」的。

唐人登臨之作頗多，往往藉景抒情，把心情投射在外在物象上頭。李商隱曾經數次登臨樂遊原，並且寫下好幾首相關的詩作。這一首造語淺近，也是最為世人熟知的一首。李商隱登樂遊原遠望夕陽西下，到底有什麼感觸？良辰美景在前，本應有賞心樂事讓自己開懷的。可是這一個傍晚，詩人的心情卻無端憂鬱起來，駕車登上樂遊原。樂遊原在長安城的西南邊，地勢較長安城高，從制高點可以眺望長安城。秦代時，原本叫作宜春苑。漢宣帝曾在這裏修築樂遊廟，於是改稱為樂遊原或樂遊苑。到了唐武后長安年間，太平公主來此建亭造閣，遂成為登高遊覽之名勝。

首句向晚意不適，連用五個仄聲字，聲音低沉壓抑，苦悶就在其中。古人總以為遠望可以銷憂，登高臨下之際，視野開闊會使心境舒朗。夕暉燦爛，溫暖的橙紅色寫滿天際，美景何限。然而，美總是要令人感傷。為了揮卻驀地襲來的憂傷，詩人在次句「驅車登古原」音調上的配置是四平一仄，聲線拉高了，平亮了，展現出一種讓心情拔高的態勢。藉著這一句的鋪墊，拉抬，第三句轉入了極佳的場景，用一個「好」字去說服自己，去親近那種圓滿的感覺。接著在第四句中，可以看出詩人騙不了自己，「只是」兩個字說出了心底最深的遺憾。凡是美好的，總是容易消逝。這也扣緊了首句，起先不適的情緒因為此一思辯的過程，顯得更加細緻了。登覽美景，惆悵非但無法消解，反而幽微的滲入靈魂深處。後兩句跟前兩句相比，語調平仄較為合律，而且婉轉。婉轉不代表沒有力量。最溫柔的話語，往往最具殺傷力。最後兩句提醒了我們，人世間有那麼多的無可奈何。春花易謝，好景易逝。我們原來什麼都留不住。

留不住的故事，李商隱用二十個字就說完了。很多人探討當時的李商隱為什麼心情低落，歷來說法紛紜。真正高明的詩總是不清不楚，答案留給讀者自行詮釋。就情感來追蹤，便說是詩人自傷青春愛戀消逝。就政治來索解，則說是影射大唐帝國運勢衰落，終將一蹶不振。家國與身世，各種說解都各有其道理。任何詮釋都無法概括一首詩，一首詩卻能概括所有詮釋。李商隱這首詩，就呈現了無與倫比的概括能力。真情實事如何，我們於是可以不用去計較了。唯在詩中，我們獲得理解的奧祕，獲得理解自己的奧祕。不知當時李商隱是自己駕車，或是另有車伕。也不知道他有沒有可以說話的遊伴。我想都沒有吧。他的上坡路，想必比記憶還要漫長。看完夕陽要回家了，急馳而下的故事，再也不需要說出口了。

再也不需說出口了。這是怎樣的心情？我在碼頭邊上，看著渡輪載滿遊客，沒什麼事好想。無端的想起李商隱的詩，千年以前的晚照。一個人的抑鬱可以擴得很大很大，也可以縮得極小極小。縮放無從拿捏，就要自苦了。商家的燈火紛紛亮起，市聲中有許多歡樂的分子在碰撞。觀潮廣場附近的咖啡館蓋得好漂亮，讓我好想坐下來，端著杯子啜飲暮色，拿起刀叉吃夕陽。猶豫一會兒，後來還是沒坐下。一旦坐下了，就會捨不得離開。這是很幸福的了，沒有什麼事想要告訴誰，也沒有什麼需要被安慰。只是放慢了腳步，細細分辨所有食物的香氣。

來淡水往往不需要遊伴，宜淒冷，宜孤獨，宜緩步。宜空腹，宜沉靜，宜感傷。宜故作姿態，宜帶一點不健康的思想，宜從夕曛走到燈火闌珊。

望著眼前的一切，我拿起手機慢慢的輸入，儲存，發送：

落日乘船飛水鳥，微波拍岸散星光。

與我有關的事

——詩生活——

人生自是有情癡，此恨不關風與月。

——歐陽修

花好月圓的春夜，有人跟我談論活著的感覺。我們那時躺臥在太平洋濱，曬著月光。海面上有光輝灑落，海岸線的弧度像是一種溫柔的擁抱。朝北而望，更遠的地方是山。在這生機喧鬧的季節裡，我突然沒有言語好說。真誠面對這個瞬息萬變的時代，活著的感覺似乎是這樣：嶄新的世界迎面而來，而每一天都有一些東西，不斷的離我遠去。某些時候，我們要藉著一次次的典禮來告訴自己，要告別了。跟過去告別，向未來出發，自始自終都是獨自一人。只不過，沒有多少人可以真正的灑脱無掛礙吧。陳盈潔滄桑地唱著〈海海人生〉：「我會歡喜有緣你作伴，欲離開笑笑我無牽掛。」這人生，起伏聚散，被她詮釋得這般豁達寬容了。

剛剛從遠方旅行回來，我讀著一九三四年沈從文湘行途中發出的家書，他寫到一個蹲在石頭上數錢的老頭子，因而疑問在心：「這人為什麼而活下去？他想不想過為什麼活下去這件事？」他真正想説的，其實是對妻子的想念。想見不得見，只好不斷的敍述自己身在何方，眼、耳、鼻、舌、身都經驗了些什麼。他告訴妻子三三（張兆和的小名）眼前風物，以及對生存的理解：「一切生存皆為了生存，必有所愛方可生存下去。」更早之前，熱切愛戀著伊人的時候，沈從文是這麼説的：「我行過許多地方的橋，看過許多次數的雲，喝過許多種類的酒，卻只愛過一個最好年齡的女人。」生命裡許多美好的事物，只有自己知道，最執著、最放不開的是什麼。一趟旅行下來，看見許多人、許多奇異的景觀。這之中，有無數次的聚合與分別。或許因為時日短淺，別離時也就不甚感傷。像我這樣的觀光客，走走停停，若無特殊事件當然不會有過多的牽絆。

古人不輕易遠遊，要離開一個地方容易，怕的是永遠不能回返。出發了便要面對兇險意外，交通工具不夠便捷也讓人卻步不前。司馬遷、玄奘法師、鄭和、徐霞客、顧炎武、郁永河……這些出發者屈指可數，他們懷抱著特殊的信仰、理想，或是背負著沉重的使命，向著未知而挑戰。這些壯遊典型之所以能成其壯，就在於那股屹立不搖的人生信念了。這些都是為了回歸的出發，也為了完成一個自己的世界。出於自由意志的遠遊，如今看來讓人佩服激賞。而那些由不得自己的遷移，就顯得辛酸哀悽了。

現代人對於遠行、送別的態度，相較之下要輕鬆得多。交通、傳播工具的日新月異，改變了現代人的距離感。（或許說距離感以新的面貌呈現，以新的方式發生作用。）不過六年時間，二〇〇七年初台灣高鐵通車，火車快飛讓我飛快前進幾百公里，返鄉過春節。台島西岸一日生活圈宣告成形，思念的形狀也會因此產生變化吧。高鐵宣布動工時，我在高雄任教。與我相處僅有半年的那群國一生現在已經高三，不時在網路上與我互通消息，偶爾打手機、傳個簡訊來問候。幾次我人在高雄，說好要碰面，卻都錯過了。反倒是相隔遙遠，打開視訊就能看到彼此的影像。我猜想如果有一天，手機、網路統統失靈，才會引發我們的恐慌和離愁吧。

和我一起去海邊的，是我在花蓮教過的學生。我們當下生活在台北盆地邊緣，相隔只有三公里，可是極少有機會約見面。倒是回到花蓮，一有人吆喝就會出門相聚。我常戲稱自己生活在台北大悶鍋，過多的人事物攪和在一起，每每教人透不過氣。尤其天候欠佳時，陰霾鍋蓋罩下，更讓人逃無可逃。所以一下班我就成為宅男一枚，蝸居城市一隅，只用有線或無線的網路觸角向外在世界伸展出去。假期到來，我就迫不及待的飛奔出去，暫時離開單調的生活。

台鐵傾斜式列車太魯閣號即將在二〇〇七年四月營運載客，台北、花蓮之間不用兩小時就可抵達。這對三十年前，靠著公路運輸的後山子民來說，的確是難以想像的。屆齡退休的老同事說，他們當年到台北念書，只能彎彎拐拐的前進。一趟路既耗時，又顛簸瘦痛得很。直到一九七三年北迴鐵路開始施工，開山鑿隧，終於在一九八〇年全線通車。對此，時間跟空間的感覺結構，亦多有不同。而今北宜高通了，蘇花高是否興建爭議未休。到底速度會帶來什麼、又會毀壞什麼，誰也無法保證。

世界的變化未可預期，人生的遭遇也實在難說。我的幾個學生為著一張綠卡，定期要當空中飛人，去坐移民監。他們也不知道，這樣的選擇是好是壞。有一個學生，常常夜半驚醒，只因為家裡要他去美國念書，成為美國人。他才十六歲，很擔心一去之後，就是自己也無法面對的人生。古人去國懷鄉之慟，他還沒去到遠方，卻已經稍稍有了體會。他說若是確定要出國，一定會把喜歡的東西裝滿行囊。更早之前，有幾個學生移民出去。說好了再見，可是見面的機會遙遙無期。

也有幾個朋友人在異國，不時的說想念。二十出頭的年歲跟對方告別，總以為要相遇還不輕易。沒想到時間忽忽過去，不見已將近十年。「浮雲一別後，流水十年間。」青春列車漸行漸遠，我們各自看過了風景，因而對過去有深淺不一的留戀。更快速、更方便的運輸工具帶著我們離開，與我們有關的事變得一片模糊，只留浮光掠影在心頭閃爍。

無知無感的人生，是不值得活的。未經過反省的人生，是不值得活的。歐陽修的詞迢悵述情，悲歡離合都別有滋味。這一切有我之境，使得萬事萬物與我相關。而他在抒情中又有理念的提出，擴展到對整個人世的理解——「人生自是有情癡，此恨不關風與月。」有情眾生無法斬斷情絲，如此才更顯得可愛。楚辭裡說的：「悲莫悲兮生別離，樂莫樂兮新相知。」憂樂之間，遭逢變化，是自己也做不了主。歐陽修因而發出曠放之語，「直須看盡洛城花，始共春風容易別。」我相信，唯有至情至性的人，才有資格領受這世界的美好。即使這美好迎面而逝，也都不可惜了。

愛別離是一種苦，生離教人惻惻，死別則更難以承擔。《世說新語．傷逝》裡記載，王戎喪子後，說出了這樣深情的話：「聖人忘情，最下不及情。情之所鍾，正在我輩。」聖人可以超越而忘情，不為人間悲歡喜憂所累。最下、最遲鈍的人不懂得情為何物，也不至於被情感束縛。情感之所聚集，正在我們這些「一般人」身上。有情眾生，總是要經歷因為情感而產生的各種苦痛。

面對人生，有幾個人能夠目無全牛、迎刃而解？與我有關的事，一再地開啟深邃的風景。只要不改天真，願意守住一些什麼，人生的記憶當會更加豐富。我從前總是感到懷疑，什麼是美麗人生？我要告別那片光輝的海岸時，發現前面是無限寬廣的道路。每次出發，都會告訴自己，就要朝著未知前進了。引擎順暢的運轉，像成熟穩重的喉音。我往往在四顧茫然時想起，辛波絲卡的詩句：「他們彼此深信，是瞬間迸發的熱情讓他們相遇。這篤定是美麗的，但變幻無常更是美麗。」

在變幻無常中，我們常常這樣，與這個世界相遇。

詩意的追問

尊前擬把歸期說，未語春容先慘咽。人生自是有情癡，此恨不關風與月。
離歌且莫翻新闋，一曲能教腸寸結。直須看盡洛城花，始共春風容易別。

〈玉樓春〉　歐陽修

離別酒宴上，眼前的酒杯都斟滿了，我準備要說出預訂的歸期。還沒開口，容顏便充滿慘淡，哽咽不成聲。人生旅途中，自然有人深情成癡，而離情別恨與清風明月是一點關係都沒有的。請不要再為我唱離別的新曲，一首曲子已經使人愁腸百結。要的話，真該看盡洛陽城的飛花，當美好的事物我已領受，才能向春風從容的告別。

歐陽修全集中，總共有二十九首玉樓春，大抵即事抒情，透露著一種感傷溫柔的情調。綜觀其詞作，收在《六一詞》和《醉翁琴趣外編》中的約有兩百多首，大部分圍繞在情感主題上。這和他在散文和詩中的表現極為不同，一改莊重正直的儒者面目，化為纏綿的情意，風流婉約。王國維特別欣賞這一首〈玉樓春〉，評價是：「於豪放中有沉著之致，所以尤高」。葉嘉瑩這麼解釋：「歐詞之所以能具有既豪放又沉著之風格的緣故，就正因為歐詞在其表面看來雖有著極為飛揚的遣玩之興，但在內中卻實在又隱含有對苦難無常之極為沉重的悲慨。賞玩之意與使其詞有豪放之氣，而悲慨之感情則使其詞有沉著之致。這兩種相反而又相成之力量，不僅是形成歐詞之特殊風格的一項重要原因，而且也是支持他在人生之途中，雖歷經挫折貶斥，而仍能自我排遣慰藉的一種精神力量。」這也是歐陽修在面對微小事物時，發為文詞能夠深厚感人的原因罷。

歐陽修（一〇〇七—一〇七二年），字永叔，號醉翁，晚年又號六一居士。他是北宋政治家、文學家，也是唐宋古文八大家之一，吉州永豐（今江西永豐縣）人。四歲喪父，家境貧寒，母親鄭氏以荻畫地教他識字。宋仁宗天聖八年（一〇三〇年）中進士，歷任知制誥、翰林學士、參知政事、刑部尚書、兵部尚書等官職。其間多次被貶，又多次起用。神宗熙寧四年（一〇七一年），以太子少師致仕，歸隱於穎州（今安徽阜陽）。次年卒於穎州西湖之濱，身後追贈太子太師，謚文忠。歐陽修領導北宋詩文革新，發揚了中唐古文運動傳統。其為人也，耿介峭直，光明磊落。就理論事，屢被讒謗。又珍惜人情義氣，不甚在乎世俗名利。蘇軾評論他的作品說：「論大道似韓愈，論事似陸贊，記事似司馬遷，詩賦似李白。」

人生經驗豐富的歐陽修，若要寫悲歡離合的故事，想必俯拾即是。題材不假外求，不愁沒話可說。難的是，如此浮泛之至的人生連續劇，怎樣才能寫得深刻不濫情。貪戀愛賞於世間萬物，兼之以際遇變化的悲感，他筆下的情致也就婉轉曲折了。德業文章之外，我們在這類曲詞中看見一個細膩多情的歐陽修。

詞的上半片敍寫離別場景，接著帶出關於人生的思考。開頭兩句中的尊前、春容，我們原可想見美好的聚會狀況。然而這酒是餞別酒，這面孔已經沾了離人淚。古人送別向來是「勸君更盡一杯酒」，讓酒精稍稍麻痺敏感脆弱的心。歐陽修在此不強做解人、不故做瀟灑，他真實的發出肺腑之言，點出「自是有情癡」才是人類的常態。正因如此，這不關風月的人情之常，造成了生離別的悲感。捨不去、放不下，無法超脱，原來才是人生的真實。

所以該怎麼辦呢？詞的下半片告訴我們，離別的歌就別再唱了吧。古人唱離歌總是一唱再唱，也更加添了心裡頭的重量。不斷重複的曲調提醒著人們，就要告別了。那樣的歌，讓傷心的人更傷心。那麼，先停止這一切悲歌吧。歐陽修豪放地下了結論，真該要看盡洛城花，一起享受當下所有美好。唯有這樣，才能心甘情願的，跟所有美好告別。這才能更從容的，面對往後的人生風景。

二〇〇七年三月五日—三月十二日

在我心裡有一首歌

——詩生活——

桃李春風一杯酒，江湖夜雨十年燈。

——黃庭堅

七月流火。如今已不是七月。

然而我最近總是常常想起，流火的七月，十五年前的陰曆七月。秋天來了，我在一場暴雨中驚覺季候的變換。似乎是從那場雨之後，空氣中有了新涼。鳥獸的身體生出毫毛，落葉木抖索自己的軀幹，像是在努力擺落什麼。我南方的故鄉，或許正趁著日光晴好，農人將稻穀收割、曝曬。我也終於，嘗到了今年的第一口甜柿。大概是第一批採收的，尚未完全脱澀，甜度還未臻理想。走在起風的街市，人間的燈火與煙火之間，我一口一口咬著鮮脆的柿子，享受著甜與澀的交錯。秋天來了，夏天的燦爛與紛擾似乎都該告一段落。前一個晚上，我在啤酒屋中與一個畢業生抱頭痛哭。他一放榜就失戀，考上理想校系的喜悦瞬間被愛情的山洪擊潰。他無法接受，與那女孩一年多的感情，比不上一個星期的高興。這原是沒什麼道理好説的事，而我在他的故事裡想到自己，很可恥的掉了淚。

屬於我的那個夏天，有汗水，有微風，有木葉搖曳，有湛藍的海洋。

升高三的暑期輔導課最後一周，被我用公假躲掉了。我繳交創作，報名參加教育部高中生文藝營。一整個禮拜的時間，足以開闢一個新世界。我在高師大校園中放縱自我，非常任性的對待人與事。大學女生宿舍涵泳樓成了我們這群高中生的短期寄居之所，我們就像溫瑞安詩句寫的：「是上京趕考而不讀書的書生，來洛陽只為求看你的倒影。」文藝營的課沒認真在聽，倒是屢在座中暗傳紙片，或是歪著頭瞌睡。每天晚上，吃完消夜便精神大振，夸夸其談盡是少年風流。如今想來，青春年華，若不有幾分惺惺作態、自視狂狷，的確也是枉費了。都要感謝那寢室太簡陋、床板太難睡，以致我們可以一直保持談興，每每從月色說到天光。不只是交談，更有樂音盈溢於耳。一群人讀詩、唱歌的時候，月光從天井灑下，讓我們忘了今夕是何夕。

今夕是何夕？這不正是遠古的越人所唸誦的詩歌。

坐在水泥階梯上，彼時不問今夕何夕，同組的女孩Y寫下山有木兮木有枝，藍色墨水痕跡凝聚在我掌心。另一個女孩H則靜靜梳理長髮，幽怨地看著我與Y。她們當時都已經有要好的男朋友，正好她們的男友都在遠方。所以Y與H輪流去排隊打公共電話，然後講到眼眶發紅。我低聲安慰著她們，又繼續一起唱歌。Y說我過了午夜聲音就變得非常低沉，很適合唱一些感傷的歌。那些個夜晚，最常唱的是齊豫跟潘越雲合唱的〈夢田〉。縹縹緲緲的，聲音穿越了時間，好像可以直抵極為久遠的未來。我們唱著：「用它來種什麼，用它來種什麼？種桃種李種春風。開盡梨花春又來。那是我心裡一畝一畝田，那是我心裡一個不醒的夢。」又對人生懷有一份奇異的理想。

高中時代，我們有個怪異的想法——活過三十歲是可恥的。眷戀著青春，以為生命應該如煙火、櫻花、流星，只為美的一瞬。現實，蒼老、世故……，都在我們的人生選項之外。非常偏執的，用自己的好惡去設想人生，於是才會得出這樣的結論。一方夢田，其實就是我們青春的烏托邦。種桃李春風，是今日相逢皆當歡樂的必然，也是來日回憶中的一段偶然。手植華年，澆灌理想，我們其實未曾想過不得不老去的那種心情。真要等到覺知不得不老去，都早已活過三十歲了。也許會感慨，眾芳蕪穢，寶變為石，一切都不再。也許會驚喜，有些事發永恆之微光，依然值得認取。

在我飛奔的青春時光，一直很喜歡三毛的作品。剛上高中的某個周六午後，我與同學背著雄中書包一起去國軍英雄館聽三毛演講。那是還沒有周休二日的年代，星期六午後對我的時間意義，與現在的星期六午後自是大大不同。演講廳是爆滿的，三毛生動地訴說，她是怎麼生活、怎麼旅行、怎麼看待這個世界。我聽得入迷，忘了要作筆記。《稻草人手記》、《雨季不再來》、《萬水千山走遍》、《我的寶貝》這些書，從此一直住在我心裡。我很好奇，這是個怎樣的女性？在七〇年代保守的台灣社會裡，她如何下定決心到遠方尋夢？如何抵抗那個集體暴力的社會價值？她經歷了與荷西締結的異國婚姻，飽嘗愛情的甜美。她也經歷了荷西死去的悲痛，從此有如孤鴻，往往天涯單飛。一九九一年一月四日凌晨，三毛在醫院被發現上吊死亡，結束了傳奇的一生。我們在文藝營唱歌，已是三毛死後兩年多的事了。

說來並不奇怪，Y與H後先來訊，告訴我她們的婚期。她們結婚的對象，都不是當年講長途電話的人。H或許早已經忘記了，她在那個暑假結束的時候，寫了好長的一篇小說，內容講的是一個男孩與兩個女孩的故事。那個男孩大老遠去桃園找她，一起在石門水庫的山光水色裡，又唱起這首〈夢田〉。〈夢田〉收在三毛的第十五號作品《回聲》專輯中，一九八五年出版。製作人是齊豫和王新蓮，演唱者為齊豫、潘越雲，李泰祥、李宗盛、翁孝良、陳志遠、陳揚共同參與作曲、編曲工作。光是這份名單，就足以在台灣流行音樂史上不朽了。整張唱片十二首歌詞，均出於三毛之手，幾乎可以說是三毛的音樂傳記了。齊豫與潘越雲，氣質與三毛庶幾近之。在聲音表情上，一個清越空靈，一個掩抑多情，交織出的〈夢田〉堪稱經典。

三毛的熱情、人生理想，大抵寄託在〈夢田〉的語句中了。極力掙脫枷鎖束縛的她，以文字擘畫出一片天地，簡簡單單的，呈現了擁抱世界的渴望。追求一種美好人生，不是年輕人的專利。現在再唱夢田，聲線即使低了些，卻更增添幾分成熟的滋味吧。

近來，H不時會在我部落格上留言，交代現況。嫁給老外的她，正在遙遠的美洲大地攻讀學位。我們的任性，到了三十歲以後雖有收斂，卻容易引發，特別是生活不盡如己意的時候。逆溯時光之流，十五年前的某一個夜晚，我與Y並肩攜手而歌，H在角落掉淚講電話。隔天傍晚，她的男朋友從桃園搭火車南下到高師大看她。聚了一會兒，那男生趕火車北回，她又掉下了眼淚。之後Y、H與我在文藝營的結業典禮上說再見，認定了文學是我們共同的人生志願。除去了曖昧迷濛的感情糾葛，經過時間沉澱的交情，才顯得更加澄澈透明，無有掛礙。啊故人，我多麼盼望在下一個天涯海角重逢，彼此無畏的擁抱。

這一切都恍如昨日，卻實實在在的堆疊了十五年之久。其間滄桑無語，可惜我們當年幾個知交從未一起喝過酒。慶幸的是，即便被逆境擠壓，也未曾折損過自尊與抱負。往後如果有一天，可以聚首說說彼此的人生故事，無非也就是——春耕，夏耘，秋收，冬藏。沒什麼了不起。我們將會更加理解人生，更加能夠承受機遇與變化。

在我心裡有一首歌，告訴我很遠很遠的前方。告訴我，不一定要堅強，不一定要勇敢，但千萬不能喪失最初的那顆心。不能墮落，不能不真誠，不能忘掉理想。在一首歌裡，我總是這麼想起人生，以及其中的千般滋味。我告訴自己要這樣，有些人已經變了，而我是不會變的。「桃李春風一杯酒，江湖夜雨十年燈。」我相信朱天文所說的，真正的朋友，是十年不見，聞流言不信。在黃庭堅的詩句裡，我讀到了人世間最懇切的相信。憑靠著這股信賴，過往的人生，才更顯得真實不虛。這是對友人的相信不移，更是對自己所信仰的美好，毫無保留的服膺與固守。這樣的信仰，沒有討價還價的空間。正因如此，自己的初衷才能那麼乾淨純粹的維繫著，在現實的磨難中更顯光澤。我也但願自己中年以後，依然是個喜歡說初衷、談本心的人。那時或許會驀然察覺，少年時的自己，從來都還住在心裡，未曾遠離。

如今已不是七月，我欣喜的迎受涼風，甚至忘記掉過了眼淚。過一陣子，秋天的柿子會更甜美。

——詩意的追問——

〈寄黃幾復〉　黃庭堅

我居北海君南海，寄雁傳書謝不能。
桃李春風一杯酒，江湖夜雨十年燈。
持家但有四立壁，治國不蘄三折肱。
想得讀書頭已白，隔溪猿哭瘴煙滕。

我住在北海，你住在南海。想要請託雁鳥傳書信給你，雁鳥都推辭不能送達。想當年春風吹拂，我們在桃李盛開的時候歡喜相聚，舉杯暢飲。而今一別十年，各自在江湖淪落漂泊，雨夜裡特別感到孤寂落寞，只能獨對著一盞孤燈。雖然你生活困苦、家徒四壁。但你的才能不須經多次試用就已具備。料想你依舊奮勉讀書，頭髮早已灰白。那琅琅的讀書聲，卻只有猿猴在瘴癘中傳來的悲鳴聲，隔著溪水與你相應和著。

這首詩的作者黃庭堅（一〇四五—一一〇五年），字魯直，自號山谷道人，晚號涪翁，洪州分寧（今江西修水）人，為蘇門四學士之首。曾任秘書省校書郎等職，後屢遭貶謫，卒於貶所。黃庭堅兼擅詩詞文賦與書法，尤長於詩，與蘇東坡並稱「蘇、黃」。兩人同為奠定宋詩特色與風格的主要代表詩人，黃氏作品有《豫章黃先生文集》。黃庭堅詩作特質為「點鐵成金」、「奪胎換骨」、「以俗為雅，以故為新」。他所領導的江西詩派追隨杜甫「語不驚人死不休」的作詩態度，繼承韓愈「以文為詩」及「拗體」的作法，另闢一條寫詩的路徑，在文學史上有相當中要的地位。黃庭堅、陳師道和陳與義俱為此派名家，在宋朝影響極大。

江西詩派，宋朝文學流派之一。北宋末，呂本中作江西詩社宗派圖，自黃庭堅以下，列陳師道、潘大臨等二十五人，以為法嗣。因黃庭堅為江西人，影響最大，故稱為江西詩派。詩風奇崛，崇尚瘦硬風格，講求字字有來處，造句調聲，都依成法。基本主張大致有下列幾點：一、主張無一字無來處。二、主張點鐵成金。三、喜用典故。四、拗句拗律：寧律不諧，不使句弱。五、去陳反俗。六、好奇尚硬。方回《瀛奎律髓》中提出一祖三宗的說法。一祖指的是杜甫。三宗則為黃庭堅、陳師道、陳與義。

八句詩句一氣呵成，活用、轉化典故，藉此豐富詩的內涵。「我居北海君南海」說明二人南北分離，相隔遙遠。語出自《左傳．僖公四年》：「君處北海，寡人處南海，惟是風馬牛不相及也。」原指楚成王拿來質問齊桓公興兵犯界的前提。本句以借用的方式，只借其辭而不採其事，詩句因而更顯得典雅。就現實時空來看，當時黃庭堅在德州德平鎮，地近渤海。黃幾復在廣州四會，接近南海。詩人用典只取字面，以此概括二人僻守海隅之境，起筆雄奇，用兩個海字指涉居所處境，突顯兩人距離遙遠，然而相思之情深闊如海。「寄雁傳書謝不能」：用了《漢書．蘇武傳》「雁足繫書」的故事，此為漢朝使者向匈奴王編造的假故事。此句並融合古人「雁止衡陽」（元與恭「雁到衡陽亦倦飛」詩句）的說法。「謝不能」的典故出自漢書．項籍傳：「東陽少年殺其令，相聚數千人，欲立長，無適用，乃請陳嬰，嬰謝不能。」本句不用原典之意，是字面上的活用。黃庭堅融合、化用「雁足繫書」與「雁止衡陽」二個典故，接著用「謝」字畫龍點睛，表達深厚的詩意。「謝不能」有點鐵成金之效果，使陳舊變為新奇。

「桃李春風一杯酒」寫出桃李花開、春風吹拂之際的歡聚。李白春夜宴從弟桃花園序提到「會桃李之芳園」。孟郊登科後一詩寫到「春風得意馬蹄疾」。可見桃李春風之樂事，皆有所本。杜甫〈春日憶李白〉：「何時一樽酒，重與細論文？」「桃李」、

「春風」、「一杯酒」三個名詞結構，勾勒出良辰美景的美感與朋友把酒言歡的喜悅。其中或更暗用王維〈渭城曲〉：「勸君更盡一杯酒，西出陽關無故人。」暗中藏有離愁別緒。「江湖夜雨十年燈」的句子中，江湖夜語的用法早已有之。杜甫〈夢李白〉：「江湖多風波。」李商隱〈夜雨寄北〉：「巴山夜雨漲秋池。」在這句詩中巧妙的綰合在一起。套用古人已經寫就的，而能推陳出新，更見出才氣。我們從中可以看見詩人情感的生發，全憑兩句「三疊句」來呈現。所謂「三疊句」指的是：沒有主語、述語，只是一連串名詞的排列。如後來的馬致遠〈天淨沙〉：「枯藤老樹昏鴉，小橋流水平沙。」在這兩句中，各三組名詞所構築的時空場域的移轉、躍動，充滿今昔對比，讓感情一一流洩，懷念之情溢於言表。短暫的歡聚與現下的別愁思念，巧妙的映襯。前後情境的逆轉，具有拗折感，張力十足。

「持家但有四立壁」用了《史記．司馬相如列傳》的典故：「（司馬相如）家居徒四壁立。」這一句是正用，既用辭，又用事。而「四壁立」改為「四立壁」，「立」字轉品，詩意更顯得新奇。從實際狀況來看，這一句又含對老友的期許，有著安貧樂道的勸勉意味。「治病不蘄三折肱」出自《左傳．定公十三年》：「三折肱，知為良醫。」

意指辦大事要幾經挫折，累積經驗，才能成功。感嘆幾復十年間不斷「折肱」。此句是反用，以「不蘄」推翻了「三折肱」的概念，卻保留「知為良醫」（「治病」）的意思。其用典一正一反，語意更加曲折反覆。黃庭堅一方面肯定黃幾復的出人才幹，能像良醫一樣拯救民間疾苦。一方面暗自替他心有不平，感慨黃幾復宦途多舛、有志難伸。黃幾復清白廉潔，剛正不阿的性格，也在此稍稍吐露了。

「想得讀書頭已白」懸想對方仍然刻苦讀書的精神，未必有典故可尋，或可呼應杜甫的句子：「匡山讀書處，頭白好歸來。」以憑空想像之詞著筆，懸想的示現，讓詩句的想像空間加大。讓黃庭堅不能釋懷的，是學而無以致用的遭遇吧。「隔溪猿哭瘴煙藤」一句，有杜甫〈九日〉：「殊方日落玄猿哭，舊國霜前白雁來。」遙遠相映成趣。以猿哭烘托、渲染不遇的情緒，顯示出命運的乖舛。白頭書生與隔溪的猿哭，形成了鮮明的對比。

〈寄黃幾復〉為江西詩派的本色之作，全詩無一字無來處，然而讀來卻毫不讓人覺得晦澀。以寫散文的語言入詩，增添自然流動的詩趣，亦帶有古樸的味道。作者寫出了與好友闊別十年，南北相隔的感慨。主要在抒發對幾復的思念之情，呈現出友情的真摯與可貴。就平仄格律來說，其中「持家」一句兩平五仄，「治病」一句順中帶拗，表現出黃庭堅峭拔的詩風。「點鐵成金」、「奪胎換骨」、「以俗為雅，以故為新」種種特質，在此詩中可見端倪。「字字有來例，句句有新意」的作詩方法，也在此得到了實踐。

金風玉露

詩生活

金風玉露一相逢，便勝卻人間無數。

——秦觀

農曆七月的某個黃昏，我在海濱仰望山城九份。眼見日光漸漸淡去，陰雲聚攏，揣想著夜間也許會飄落冷雨，屆時山海之間就將是一片迷霧環繞。幾艘小船停泊在港灣，隨著潮水起落擺盪，在乾坤之中自我定位。每次來到北海岸，總有幾分蕭瑟蒼茫之感。金瓜石與九份一帶，曾經風華絕代，幾度物換星移之後，命運有了變化。如果不是侯孝賢，如果不是《戀戀風塵》這部電影，山城的面貌也許會被荒煙蔓草掩覆，或將淪為一片廢墟。因為電影在此取景，說的又是這裡的故事，懷舊氣息便成了觀光賣點。遊客絡繹不絕，鼎沸的人聲讓山城顯得俗傖了。跨國連鎖咖啡店進駐此地，昔日建物改為民宿，食物氣味瀰漫巷弄之間……，一切一切都讓我卻步，不忍近距離接觸。

說來詭異，當初我初訪此地，的的確確是因為《戀戀風塵》的緣故。一九八六年，侯孝賢的電影《戀戀風塵》說出了那一代人的成長故事。離鄉背井到都會區討生活的青春男女，總是念念不忘自己的出身，與故鄉有著特殊的情感聯繫。據說這是發生在吳念真身上的真實故事，那些畫面正因為貼近真實，才有了深刻，令人唏噓。故事的主角阿遠與阿雲是青梅竹馬，從小居住在九份礦區。他們一起上下學，一起長大，彼此心意相通。阿遠因為家境清貧，只好隻身到台北，找了一份印刷廠的工作。一年後，阿雲也到了台北，在裁縫店裡工作（朱天文的劇本在此有了更動）。兩人在城市裡彼此扶持，對未來有著深切的期待。他們為了生計付出勞力，辛苦的面對種種磨難。

後來阿遠應召入伍，遠赴外島服役。阿雲送給阿遠一疊貼好郵票、寫好收件人的信封，藉著魚雁往返來維繫感情。沒想到就在阿遠退伍前夕，阿雲移情別戀了，對象正是那每天送信的郵差。阿雲與郵差公證結婚，阿遠的媽媽送了一只金戒指，哭著說早就準備好的。阿遠慘遭「兵變」，一度在軍隊裡痛哭失聲。電影的結尾是阿遠退伍返鄉，在家中後院看著阿公種田，聽阿公説話。祖孫兩人緩緩抬起頭來望著遠天，這時鏡頭不斷拉遠——小小的山城，環繞的青山，天空裡的雲，以及茫茫的大海。喟然的情緒被這些背景稀釋，悲喜不再那麼強烈，愛恨似都可以還諸天地了。侯孝賢的長鏡頭畢竟是一絕，往往產生一種超越的美，讓電影語言有了節制，不輕易賣弄廉價的濫情。天高地厚，收容了小城人物的心情，含藏了生活與生命的真實。有限的人生裡，因此有了淡定，有了溫柔，有了永恆的感激。

朱天文劇本最後一段寫著：「是的，人世風塵雖惡，畢竟無法絕塵離去。最愛的，最煩憂的，最苦的，因為都在這裡了。」有情眾生在電影裡悲喜交集，九份小城永遠是那麼靜謐美好，可以作為心靈的庇護所。難怪朱天文講起侯孝賢的電影，總説那是抒情的、詩意的，重點不在敍事。

我非常願意相信，只要情比金堅，就能觸及永恆。時間與空間的阻絕，不會是感情的殺手。《戀戀風塵》裡的失落，是因為男女主角的心靈本來就有隔閡。多年前，我曾在微雨中造訪九份，靜靜坐在茶館一隅。山城燈火因為下雨而顯得淒迷，景色模模糊糊的，遠近之間消弭了縱深。那時的九份不像現在這樣喧囂，不像現在這樣擁擠，我孤獨的看著她，她也孤獨的面對著我。

在那樣的夜裡，我手中有一本李碧華的《煙花三月》，讀來屢屢嘆息。裡頭的故事很簡單，也很曲折。封面上寫著：中國近代最惆悵的重逢。李碧華為了幫慰安婦伸張正義，努力地奔走。其中一位袁婆婆說她餘生最大心願，一是聽日本政府道歉，一是與離散的丈夫相聚。李碧華動用種種關係與媒體力量，為袁婆婆尋人，同時記錄下這場歷經三十八年的懸念。

離久而情疏，乃是人之常情。而袁竹林婆婆與廖奎分開後，思念卻是愈來愈濃，只求有生之年可以再見。戰後成了勞改犯的廖奎幾經折磨，文革時造成身體的殘疾。李碧華依照線索往北大荒尋找，殊不知廖奎已從牡丹江、嫩江來到山東，而且身邊已經有了妻子。在李的安排下，袁婆婆從武漢到山東，與廖奎相見。李碧華這本書的最後寫了許多問句──「午夜三時十六分乍醒，你最思念的人是誰？」、「你相信世上有一個人，無論天涯海角，注定會遇上？」、「在哪一刻，你沒有力氣矯飾，也顧不上面子、尊嚴、冷靜、理智、性格……？」、「當你失去某人時，才驚覺是最好的？」……，這些問題只有一個核心——什麼才是最真實的愛。

思之悄然。當白髮蒼蒼的袁竹林終於見到了廖奎，廖奎的現任妻子陪在旁邊，三人就這麼相對而坐，斷斷續續地說話，過了一整夜。之後又是天涯分隔，袁竹林得回到武漢，廖奎留在山東，不知道他們今生還有沒有再相見的一天。我猜想，他們那一夜大概說不出什麼濃情密意的話，只有一聲又一聲的嘆息，容納了千言萬語。

這讓我想到，高中時讀秦觀〈鵲橋仙〉，一直不相信他說的：「兩情若是久長時，又豈在朝朝暮暮。」在別人的故事裡，總算稍稍的懂了，也願意相信了。我更願意相信的是：「金風玉露一相逢，便勝卻人間無數。」當下即成永恆，美好的事物只要曾經發生，就足堪一生一世記取。離開九份的時候，雨勢已經停歇，我濕濕的眼睛望向燈火闌珊處，背包裡的《煙花三月》似乎更沉重了些。

什麼才是最真實的愛？

潮水一波一波的拍擊，星光遙遠的來到我的眼眶，空氣中突然有了濕涼。我看著全然黑暗的天空，又想起一些以為早就忘記的事。

詩意的追問

〈鵲橋仙〉 秦觀

纖雲弄巧，飛星傳恨，銀漢迢迢暗渡。金風玉露一相逢，便勝卻人間無數。
柔情似水，佳期如夢，忍顧鵲橋歸路。兩情若是久長時，又豈在朝朝暮暮。

仰望夜空，纖細柔美的雲朵悠悠飄動，輕巧的變換姿態。閃閃的星光引人無限惆悵，徒增憾恨。牛郎與織女一別經年，唯有在七夕可以跨越銀河，短暫的相會。西風吹起，清露凝聚的秋夜裡，當下的相逢遠遠勝過凡塵俗世的朝夕相守。婉轉的情意如水一般純淨，可惜美好的時光像一場短暫的夢，藉以相會的鵲橋，轉瞬就要變成彼此分離的歸路，令人不忍回顧。然而，只要兩人心意相通，情感若是深刻長久，又何必在意是否朝夕相伴。

秦觀（一〇四九—一一〇〇年）早年字太虛，後來改字為少游，號邗溝居士，又稱淮海先生。揚州高郵（今屬江蘇）人。宋神宗元豐八年（一〇八五年）進士。歷任太學博士、祕書省正字、國史館編修官。政治上傾向舊黨，被視為元祐黨人，哲宗紹聖時新黨執政，被貶為監處州（今浙江麗水）酒稅，徙郴州（今屬湖南），編管橫州，又徙雷州，徽宗元符三年（一一〇〇年）放還，卒於藤州（今廣西藤縣），年五十二。秦觀兼善詩、詞、文各體，其散文長於議論，《宋史》曰：「文麗而思深。」其詞多敘寫男女情愛，並且寄託仕途失意的哀怨，文字精巧細緻，音律諧美。他與黃庭堅、晁補之、張耒並稱為「蘇門四學士」，深受蘇軾的賞識。蘇軾致書王安石，大力推薦秦觀。《淮海集》、《淮海居士長短句》等為其代表作。

秦觀詞作並未賡續蘇軾之豪放風格，受歐陽修、柳永影響，以婉約為創作主調，作品多寫情愁。不同於柳永詞的俗麗，他的作品使婉約詞走向典雅。張炎《詞源》：「秦少游詞體制淡雅，氣骨不衰，清麗中不斷意脈，咀嚼無滓，久而知味。」然而秦觀詞題材狹窄，風格柔弱，往往流於感傷凄涼，或許是人生的坎坷消沉使然。〈鵲橋仙〉（纖雲弄巧）則開拓思境，從古典神話翻出新意。「兩情若是久長時，又豈在朝朝暮暮」，尤其受人稱道。

這首〈鵲橋仙〉總括了歷代流傳、變形的牛郎織女神話，不以敘事為要，秦觀藉著秋夕景象鋪墊出感受與看法，確實是高招。受限於篇制短小，又要符合音樂形式，神話故事的細節當然可以省去。重要的是如何寫出新境界，引發閱聽者的共鳴。織女一詞《詩經．小雅．大東》裡早已有之，係星宿名稱，尚無故事情節。後起的詩文中，到了漢代的古詩十九首，有了完整的鋪敍，韻致纏綿：「迢迢牽牛星，皎皎河漢女。纖纖擢素手，札札弄機杼。終日不成章，泣涕零如雨。河漢清且淺，相去復幾許？盈盈一水間，脈脈不得語。」曹丕《燕歌行》則提到：「明月皎皎照我床，星漢西流夜未央。牽牛織女遙相望，爾獨何辜限河梁？」對牛郎織女的遭遇寄予無限的同情。《荊楚歲時記》中如此記載：「天河之東有織女，天帝之子也，年年機杼勞役，織成雲錦天衣，容貌不暇整。帝憐其獨處，許嫁河西牽牛郎。嫁後遂廢織。天帝怒，責令歸河東，許一年一度相會。」男忘耕、女廢織的生活招致天帝懲罰，從此銀漢兩分，這也是民間流傳的主要敍事結構。唐人詩歌中，牛郎織女故事已經是普遍題材。例如杜牧的〈秋夕〉：「銀燭秋光冷畫屏，輕羅小扇撲流螢。天階夜色涼如水，坐看牽牛織女星。」以及李商隱的〈七夕〉：「鸞扇斜分鳳幄開，星橋橫過鵲飛迴。爭將世上無期別，換得年年一度來。」

秦少游的這首詞，有繼承，也有新變。上半片中他化用前人詩句，鍛造新語，「金風玉露一相逢，便勝卻人間無數」兩句皆有所本。「金風玉露一相逢」出自李商隱〈辛未七夕〉：「恐是仙家好別離，故教迢遞作佳期。由來碧落銀河畔，可要金風玉露時。」秦詞前句以金風玉露相逢點出雙星之會的題旨，同時聯繫下句的思想境界。後句則化用唐代李郢的〈七夕〉：「烏鵲橋頭雙扇開，年年一渡過河來。莫嫌天上稀相見，猶勝人間去不回。」李郢點出了生離與死別的差異，並且下了判斷。秦詞則在這基礎上增添了歧義，開放出更多的詮釋空間。

到了下半片，先是寫柔情佳期的美好，接著陳述一般人情與自古以來的七夕書寫傳統——因為多情而傷別離。如果牽纏在傷別的情緒，秦觀這首詞不免流於陳腔濫調。幸好他的最後兩句對傷別主題提出議論，這也是婉約詞絕無僅有的。婉約詞作者大多善於點染物象與情緒，儘量避免議論。「兩情若是久長時，又豈在朝朝暮暮。」這兩句以議論作收，為傷別情懷提出新解，確實罕見。不過，這也多虧了前面的景象鋪墊，才能讓情理有最恰當的流露。高原說：「這首寫神話故事的詞，句句是天上，句句寫雙星，而又句句寫人間，句句寫人情，天人合一，成為千古的絕唱。」確實是公允之論。

卷三

蔣勳老師教我的事

坐看——讀王維〈終南別業〉

〈終南別業〉　王維

中歲頗好道，晚家南山陲。
興來每獨往，勝事空自知。
行到水窮處，坐看雲起時。
偶然值林叟，談笑無還期。

王維的〈終南別業〉語言簡潔清透，說的是繁華落盡的心情，以及生活中的閒適之趣。全詩是這麼說的：中年以後頗為喜愛佛理，到了晚年的時候隱居在終南山。興致一來就獨自散步，其中的美好快意只有自己知道。當自己走到水源的盡頭，坐下來可以看雲霧升起。偶爾碰到山林間的老叟，彼此談得開心，一時便忘了回家。

王維（七〇一—七六一年），字摩詰，蒲州（今山西永濟）人。他在唐玄宗開元年間進士擢第，在官場上眼見張九齡受李林甫排擠，心情相當沮喪，便寫詩抒發歸隱之情。關於唐詩的發展，殷璠《河嶽英靈集》序提到：「開元十五年後，聲律風骨始備矣。」王維在這個時代生活，作品內容涵括送別、贈答、邊塞、遊俠、從軍、山水田園……，取材非常廣泛，寫出了當時的社會面貌，也寫出了盛唐精神。

天寶十五年（七五六年）安史之亂，安祿山叛軍攻陷長安，王維來不及扈從玄宗，被叛軍俘虜拘禁於洛陽菩提寺，並授予給事中一職。在寺中，王維曾作一首詩抒發感慨：「萬戶傷心生野煙，百官何日再朝天？秋槐葉落空宮裏，凝碧池頭奏管弦。」這首詩的創作有其時代背景：安史亂軍在凝碧池邊舉行宴會，安祿山命令所有梨園藝人參加演出，然而音樂一奏，藝人不禁欷歔淚泣。士兵以刀劍威脅樂工繼續演出，但樂工雷海清將樂器摔到地上，朝唐玄宗所在方向大哭失聲，亂軍於是將他肢解殺害。王維聽聞此事，悄悄寫下了這一首詩。

安史之亂平定後，嚴懲降賊官員，按理說王維應該會受到重罰，但最後獲得唐肅宗從寬對待，只是降級處分而已。免於重罰的原因之一，可能是這首凝碧詩感動肅宗，產生了作用。另外，史書也記載，他的弟弟王縉願意以自己的官位為交換，為兄長爭取免罪。一首詩、一份深厚的兄弟之情，竟可以扭轉命運，說來也真是神奇。

王維官至尚書右丞，於是世稱王右丞。他晚年歸隱於藍田輞川，過著亦官亦隱的生活。此外，王維藝術天分高，善於畫山水、人物、樹石。他用墨渲染，化濃厚為清淡，蘇軾稱許他「詩中有畫，畫中有詩」。明代董其昌將王維視為南宗之祖，並認為「文人之畫」是從王維開始。

〈終南別業〉裡的句子，果然也是充滿畫意。其中以「行到水窮處，坐看雲起時」最為膾炙人口，這句話也常用來鼓舞遭遇逆境的人，作為人生失意時的慰藉。開元二十九年（七四一年）王維曾隱居於終南，這首詩即是寫於那段期間。王維擁有一座終南別業（別墅），生活過得悠然自得，應該是讓現代人非常羨慕的。終南山是隱居的好地方，但可能也是追求名利的絕佳位置。終南捷徑這個成語指的是：求取仕宦的捷徑，或是達到目的的管道，典故出自《新唐書．盧藏用傳》。盧藏用想博得名聲入朝當官，遂隱居於京城附近的終南山，後來終於達到目的，身居高位。王維的人格，他追求的理想生活，當然都跟盧藏用不一樣。

舒國治寫過飛行途中從機艙窗框外望，看著天空與沒有名字的片片雲霞：「透過窗孔看它們，令人有無比遙遠的感覺，所得的是無知的美，是超然的安靜，其中沒有歷史、沒有故事、沒有興亡得失與血跡淚痕。也於是你看到的是永恆不變，也同時是稍存即逝。你永遠掌握不住它們。你永遠沒法瞭解它們。」這樣的情調，跟〈終南別業〉很類似。坐看雲起，追慕恬靜，放下了執著，達到了真正忘我的境界。

王維以其獨到的眼光，擷取山水田園景象，在音節和音節之間安頓了自己。詩情就是畫意，畫意就是詩情，兩相融合，渾然無分。他繼承了陶淵明、謝靈運、謝朓的描寫方式，訴說自己的心境。唐代山水田園詩派，主要作家為王維、孟浩然，並稱王孟。王維鑽研佛法，詩裡帶有禪意，因此號為「詩佛」。

晉代詩人阮籍常獨自駕車出門，遇到無路可走就大哭回返，這叫「窮途而哭」。窮途無路，暗示了生命處境的悲涼絕望。然而王維敍寫途窮但不絕望的心情，他散步到了水流盡頭，坐下來安頓自己，看看雲起之美而已。這很近似陶淵明〈桃花源記〉所描述的，漁人獨自緣溪向前，忘了路之遠近，然後是：「林盡水源，便得一山，山有小口，髣髴若有光。」因為忘，因為無心，所以人可以擁有跟自然相契合的感受，同時抖落了世俗的罣礙煩惱。這種功夫當然不是憑空得來，靠的還是悟性跟修養。陶淵明說：「雲無心以出岫，鳥倦飛而知還。」嚮往流雲自在舒捲，飛鳥有家可回，有瀟灑亦有安頓。王維卻是在談笑之間都可以忘了要回家，「無心」到了極致，更顯得閑適自足。

蔣勳老師讀講〈終南別業〉時，有這樣的體悟：「在山水當中人不必有意，全部是天意。」徐增《唐詩解讀》裡頭則說：「於佛法看來，總是個無我，行無所事。行到是大死，坐起是得活，偶然是任運，此真好道人行履，謂之好道，不虛也。」王維說自己「好道」，確實是領悟通透，從生死偶然之間照見自己的行履腳步。詩人周夢蝶有一首〈行到水窮處〉與王維詩作相應和，有空寂之感：

你心裡有花開，
開自第一瓣猶未湧起時；
誰是那第一瓣？
那初冷，那不凋的漣漪？

行到水窮處
不見窮，不見水——
卻有一片幽香
冷冷在目，在耳，在衣。

每每在需要安靜的時候讀王維、讀周夢蝶，耳邊忽然就一陣清涼，阻絕了喧擾。久困塵網牢籠之中，被社會體制規約的我，非常羨慕蔣勳老師在池上的生活。二〇一四年秋天開始，他到台東池上駐村，完成了一冊畫，寫出了一本《池上日記》。他在鄉間閒晃，遇見了這些：「像池上的雲，可以很高，也可以很低，低到貼近稻秧，……」「雲可以如此無事，沒有目的來，沒有目的又走了。」我曾在台東、花蓮居住過六年，很能體會那種悠哉。《池上日記》裡的鄉間歲時，風雨雲水更迭，山花鳥語相伴，跟王維的〈終南別業〉、《輞川集》真像。在大自然的懷抱裡，感官知覺打開了，隨時可以停下腳步坐看景色變換。而精神可以那樣純淨透明，讓自己擁有「一塵不染的真心」。

曾經很嚮往有一塊農地，在上面蓋個農舍，小屋外頭還可以種些竹木花果。一問才知道，農舍的價格甚是驚人，就連草皮樹木也是所費不貲。照顧庭園植栽，也需要許多人工，很花時間。現代人想要做田園夢，必須有錢有閒。

既然逃不開文明社會，也逃不開水泥牢籠，所以選擇居所的時候，我希望住宅周邊有可以散步的環境。散步的時候，最好可以聽見蟲鳴鳥叫，可以聞到樹木青草的氣味。再不然，室內掛上一幅風景畫，也稍可在想像裡滿足願望了。就像日本許多澡堂裡，壁磚上有富士山景，看著借來的景色，也算是一種享有。

蔣勳老師演講時說到許久以前的事，那是台中建商最荒謬的時候，在市區製造出一種荒謬的繁榮。為了美感，他和學生在白色建築圍籬上畫畫，花了三四天的時間完成了《輞川圖》，一共二十個景和二十首詩。現代都市裡的建築工地圍籬忽然變成古代的《輞川圖》，形成奇特的召喚，吸引路人駐足觀賞。帶領學生做這個活動，暗藏蔣勳老師的巧思——當時讓學生開心地去寫去畫，等他們到了中年，經歷生命巨大變遷，至少會有一句「來者復為誰」與生命相呼應。

王維在輞川別墅隱居時，用二十首五言詩訴說了生活的境界，在生命的無常中蘊藏生機，相當淡泊悠遠。在似乎什麼都可以不必擁有的時刻，我喜歡一個人沿著淡水河散步，跟迎面而來的晚霞打招呼。走累了就在路旁歇息，看看潮水起落，白鷺鷥輕盈掠過水面。將生活的情趣，寄託在最簡單的活動上，可以當作是現代人不假外求的小幸運。

當然，如果年金改革做得好一點，社會保險與福利更健全，每個人可以安養自身，有尊嚴地成長與老去，那就更理想了。

有一種遺憾——讀李商隱〈暮秋獨遊曲江〉

〈暮秋獨遊曲江〉　李商隱

荷葉生時春恨生，荷葉枯時秋恨成。
深知身在情長在，悵望江頭江水聲。

李商隱〈暮秋獨遊曲江〉一詩，就字面上來看，意思非常簡單——荷葉在春天初初生長之時，便無可避免秋天來時必定枯萎的憾恨。生滅榮枯實屬必然，只不過一到秋天，眼前的枯荷還是令人感傷。詩人即使明白「身在情長在」的道理，卻依然無法擺脱執著，只能將惆悵之情付諸江頭的江水聲。

在青春期讀到這首詩，我感到非常疑惑：詩人為何如此惆悵？那份惆悵背後，是不是有什麼故事可說？另一方面，讓我不解的是，當時跟我一起背詩的女孩，為什麼那麼喜歡這首詩？

曾有人說，詩不是要你讀懂的，是要你去感覺的。也有人說，詩就是把每個字拆開你都知道意思，把字跟字連起來看你就不知道意思了。這些講法，透露一個難題——讀詩的人與寫詩的人，有沒有可能完全心意相通？或者，人與人之間，有沒有辦法透過語言文字讓彼此有最貼切的理解？

在所有文學類型中，詩往往是最難解釋、最難翻譯，同時也是最具有歧義性的。解詩的人說「詩無達詁」——詩沒有標準答案，沒有唯一的答案。我想，這多像人生啊，面對每一種現象我們各有解釋，然而不會有標準答案。就因為沒有標準答案，詩才顯得無比珍貴，提供了我們眾多的感覺，激發各式各樣的想像。我很喜歡想像力就是超能力這種說法，一旦沒有了想像力，人生將是多麼枯燥無趣。

關於〈暮秋獨遊曲江〉這首詩，歷代讀詩的人有許多不同的詮釋方式，每一種解釋也都言之成理。有從私人情感去說解的，把這首詩視為豔情、悼亡之作。也有從大時代去揣度的，認為此詩寄託國運衰頹、身世沉淪之恨。晚唐詩人中，李商隱與杜牧齊名，並稱為「小李杜」。他們筆下的諸多詩文裡，有關切國運盛衰、感嘆時局動盪的作品，亦有傾訴情意、溫柔繾綣的戀歌。

若從私生活切入來解讀，詩人所懷念的對象究竟是誰，其實版本不一：一說是為情人荷花而作，一說是為亡妻王氏而作。相傳李商隱曾有一位名為荷花的戀人，可惜紅顏薄命，身染重病而早逝。另一種說法是，此詩寫於妻子王氏亡後，於是從荷葉春生秋枯中點出「恨」字，抒發無盡的悲戚。不管是寫給荷花或寫給王氏，活著的人深情長在，可嘆的是逝者已經不在，成為永遠的遺憾了。

如果從家國時代的角度切入，此詩可能暗示國力衰弱，自身抱負無法施展。朱鶴齡在《李義山詩集》序文中提到：「古人之不得志於君臣朋友者，往往寄遙情於婉孌，結深怨於蹇修，以序其忠憤無聊、纏綿宕往之致。」「義山之詩，乃風人之緒言，屈宋之遺響，蓋得子美之深而變出之者也。」意思是說李商隱的詩中的感情，其實另有比興寄託，像詩經、楚辭、杜甫詩一樣，以委婉的詩句道出時代沉淪與個人的政治遭遇。但我認為除非有更多證據支持，否則以政治家國之說來比附〈暮秋獨遊曲江〉，未免太過牽強，也太過殺風景。畢竟，詮釋得好不好，還是有高下之分的。

要理解這首詩，或許可以直接一點，從題目與字句來想像李商隱寫詩的心情。從題目來看，時間是晚秋，地點在曲江，情境是詩人獨遊。長安曲江芙蓉苑（亦稱為芙蓉園）一帶，是唐朝人的遊樂勝地，也是漢代樂遊原的位置。如今，有一處景區仿照唐代皇家園林重新建造，命名為「大唐芙蓉園」。它位於西安城南的曲江新區，大雁塔東南側，原唐代曲江芙蓉園遺址以北，我曾與學生在春天同遊此地，懷想一千多年以前的樂遊之景。

再者，題目裡不說「遊」而說「獨遊」，加上一個「獨」字，或許意謂從前曾經有人陪伴同遊，今昔相較對照才更加讓人感傷。古典詩文傳統中，悲秋之作頗多。暮秋時節，蕭索凋零的景象，最容易觸動眼與心，讓人變得善感。美景已經不再，而秋意已上心頭。張夢機指出：「在這裡，荷就是義山，義山就是荷，物我契合為一，這是詩人內在情感向外物的一種移植。」

我一直覺得，李商隱的詩往往是在喚起某種感覺，懂不懂無所謂，重要的是透過字句與聲音去貼近詩人的感覺結構。蔣勳老師說李商隱的詩很神祕，「有時候我甚至覺得他的愛情好像根本沒有發生過，而是他自己生命中最美的一個部分，或者是一種很奇特的悲憫與纏綿。真正在現實裡，纏綿常常會幻滅，有時候反而是在神祕的意境中才會發展。他的情詩非常特殊，事件總是那麼迷離，那麼不確定。」或許因為迷離、不確定，才造成解讀的困難。也或許正因為迷離、不確定，反而保存了最複雜的心事吧。

國三那年，有個女孩常跟我一起走路到公車站，然後搭不同路線的公車各自回家。晚上讀書讀得累了，便打電話給對方閒聊。說了再多的話，似乎都還不夠，即使每天在學校都能見面，還要天天寫信給對方。女孩慣用鉛筆書寫，字跡娟秀中有飄逸。她有幾次在信裡援引李義山的詩句，然而那時的我們尚無能力去查證古籍探究詩人的生命史，只能透過今人賞析去理解一首詩。〈暮秋獨遊曲江〉就是她抄錄給我的。與她不再聯絡之後，我常常一個人騎車去澄清湖畔的游泳池游泳，游泳之後靜靜看著夏日時光，一一風荷舉。至於女孩想要透過這首詩傳遞什麼訊息，已經不可解了。但我一直記得，詩裡的朦朧不確定，反倒讓自己的情感變得溫暖。

〈暮秋獨遊曲江〉構句用字方式甚為奇特，短短二十八個字裡重複的字詞頗多。近體詩格律嚴明，一首詩中同字互見（某一個字重複出現）是律詩大忌，雖然絕句的要求較為寬鬆，但重複的字詞也考驗詩人調度的能力。重複的聲音、重複的音節，用多了很容易顯得油腔滑調。李商隱卻能在字句的規律與變化之中求得平衡，氣韻近似民歌古調，而又蘊含典雅的情致，這顯然是經過細心推敲的。尾句「悵望江頭江水聲」，用「望」而不用「聽」，更是凸顯了思念凝望的形象。

只不過，思念究竟是一種有期徒刑還是無期徒刑，似乎不是憑靠自己努力就能決定的。如果思念是綿綿無絕期，「身在情在」，那將是多麼辛苦的事。

《紅樓夢》四十回裡，眾人乘船遊賞美景，寶玉覺得枯荷礙眼，便說要清除乾淨，這時黛玉卻表示：「我最不喜歡李義山的詩，獨愛他一句『留得殘荷聽雨聲』，偏你們卻不留著殘荷了。」因愛成病的林黛玉，看世界的眼光總與眾人不同。

一般人大多不喜花木枯殘，可是黛玉偏要「留得殘荷聽雨聲」。這句詩出自李商隱〈宿駱氏亭寄懷崔雍、崔袞〉：「竹塢無塵水檻清，相思迢遞隔重城。秋陰不散霜飛晚，留得枯荷聽雨聲。」李商隱寄宿駱家庭園時，因思念崔雍、崔袞而寫下這首詩。詩裡說竹塢中潔淨無塵，周遭水流清澈，想將思念之情傳送到千山萬水之外。秋天陰雲不散，又有寒霜飛來，不能成眠的自己只好聽著雨打枯荷的聲音。林黛玉將「枯荷」記成「殘荷」，殘比枯更強烈，也更具破壞力。黛玉自幼體弱多病，雙親亡故之後投靠外婆家。她向來不喜歡繁華喧鬧，大觀園裡的殘荷也許引發了她的憐惜，殘荷也許就是自己的化身。

李商隱的〈暮秋獨遊曲江〉、〈宿駱氏亭寄懷崔雍、崔袞〉皆以枯荷作為思念的背景，景語即是情語，眼前關注的景象，跟自己的心情相互照映。王國維《人間詞話》裡說：「昔人論詩詞，有景語、情語之別，不知一切景語皆情語也。」詩人筆下的意象語言（景語），往往帶有抒情的作用，理解外在世界的同時，其實也正在進行自我理解。看見荷花枯殘，傷心的人只會更傷心。

秋天來了，最是需要有人相依相伴，靠在一起取暖。如果只能思念，想見的早已看不見，回憶可能就是禁錮自己的牢籠。〈暮秋獨遊曲江〉裡，李商隱從荷花的榮枯，看見美好情感的生成，以及遺憾的發生。經歷過一些滄桑變化之後，或許才能知道，有一種遺憾叫回不去，有一種遺憾叫到不了。所有回不去的，令人悵惘。所有到不了的，令人悲傷。

這樣的時刻，不妨看看花凋葉落，從殘缺裡得到美的慰藉。

林中路

二〇一六年冬日，你們一群人逛姬路城的時候，我獨自去了書寫山圓教寺。從市區搭巴士轉乘纜車上書寫山，路程大約要一個小時。即使有陽光照射，山上仍然清冷。走在杉樹林間，圍繞自己的唯有一片空闊寂靜，一呼一吸之間，彷彿忘卻了所有心念。即便生命中曾經有揮之不去的傷害，也在那當下漸漸淡去了。我專注地走路，聆聽慈悲鐘長長的回音。我不知道當時怎麼會那麼偏執，想要親近一座山。

書寫山與比叡山、大山並稱天台三大道場，圓教寺是性空上人開創的天台宗寺院，摩尼殿中供奉如意輪觀音。如意輪觀音菩薩手持寶珠及法輪，意味著廣濟眾生之苦，並且成就眾生願望。暫時從日常生活逃脫，可以讓我抖落某些煩惱，不受是非沾染。

親愛的Z，回到姬路市區與你們會合的時候，我總覺得自己身上帶著書寫山森林的氣味。那氣味似乎混雜著苔蘚、檀香，是可以讓人安心的。我在山林之間漫無目的地遊走，心裡很安靜。

然而，親愛的Z，至今不過短短一年之間，我們各自經歷了磨難，忍受著憂患。愛別離之苦，可能是一輩子的功課。學著怎麼好好告別，不只是我這個中年人的任務。有些人後會有期，有些人則是後會無期了。杜甫的詩裡說：「死別已吞聲，生別常惻惻。」不管是哪一種分離，想必都暗藏著焦慮。

當你問我：「你當時是怎麼走出來的？」觸動了我久久不曾想起的往事。

親愛的Z，你在電話那頭哽咽地說，即使用盡力氣想要維繫感情，但對方始終不願意給你正面的回應。你疑惑，兩個這麼好的人為什麼無法繼續在一起？難道彼此不適合不能變得適合嗎？

請原諒我的悲觀。我一直以為，感情的生滅向來無常，勉強不得的。不能勉強的時候，只能要求自己，做一個好聚好散的人。

在我太年輕太莽撞的時候，以為只要努力就可以修補感情。那時候我與最親愛的那人，相互眷戀也相互刺傷。為了尋找出路，我規劃了一趟小旅行，希望在旅行中把感情導入對的方向。我與伊帶著簡單的行李，搭乘長途客運上阿里山，投宿阿里山賓館。不為了看雲海，也不為了看日出，只為了重拾彼此攜手的勇氣。

旅行確實讓我們靠近了，也改變了原本的行為模式。薄暮時分，我牽著伊的手，走入阿里山幽靜的森林之中。那時掌心貼著掌心，呼吸回應著呼吸，好像再也無法比當下更靠近彼此了。森林裡的杉樹與檜木巍峨矗立，它們精神昂揚，持續吐露生命的消息。走著走著，山間忽然起霧。潮濕的水氣圍繞過來，忽然又飄散。在霧中，在森林深處，我對伊說，我們是不是迷路了？可以找到路回去嗎？

我們真的能找到那條原來的路嗎？

再晚一點，天色就要完全昏黑了。我拿起隨身的小手電筒探照周遭，試圖辨認哪裡才是回去的方向。如果走不出去，會不會凍死在這山間？心中充滿驚怖，卻又不敢說出來。幸虧後來不知道怎麼亂闖亂撞，終於離開那一片霧氣濛濛的森林，順利回到旅館。冬日低溫，我們衣衫盡濕。回到房間，立刻煮開水，以泡麵果腹。那個夜裡，肌膚緊貼著肌膚，心事卻還是隔著心事。在彼此身上，那麼熱切地想要找一條出路，給自己一個安心的答案，但最後究竟是不可能了。其實早就有預感的，那段感情拖到最後還是分手。再怎麼捨不得，還是要說再見。

說了再見，彷彿在祝福彼此往後更自由。

親愛的Z，蔣勳老師在《捨得，捨不得》裡說：「日日走在森林，除了參天巨木大樹，也會看到樹幹上寄生藤蘿，樹腳根窪下陰濕處蕨類苔蘚蔓延，雨後腐葉重疊，朽爛間抽出各種菌菇。大宇宙的磅礴生命，包容大，也包容小，大小相依並育，秩序井然。」我想起那片森林，我是為了自己而迷路。從前的迷惘，如今都已坦然。自己的諸多情緒，好像留在那片森林裡，被天地安頓得好好的了。

我不太記得，自己到底是怎麼走出來的。只記得林中徬徨無依的心情，好像是與生俱來的。於是我揣測，無法好好愛一個人，會不會是因為找不到一條抵達自己的路？

二〇一七年一月十四日

被祝福的人生——導讀《品味唐詩》

我願是滿山的杜鵑
只為一次無憾的春天
我願是繁星
捨給一個夏天的夜晚
我願是千萬條江河
流向唯一的海洋
我願是那月
為你，再一次圓滿

——蔣勳〈願〉

在台東任教的時候，我曾經感到非常孤獨，在遼闊的天地裡找不到最原初的自己。有時心情沮喪低迷，覺得整個世界都與自己為敵。茫然無措之際，我選擇把自己安放在露天溫泉裡，或是安放在遙遠的詩歌裡。我在東海岸的日常生活，在兩個身分的切換中往復擺盪：一個身分是初出茅廬、極稚嫩的中學教師，另一個身分則是學院裡修讀學位寫論文的研究生。我努力地接收知識，並且試圖用更簡潔、更有生活感的語言將文學傳遞給學生。然而，我還是覺得艱難，不知道怎麼去拉近經典文學與現代生活的距離。

直到某個晴朗的周末午後，我在台東市區聽了蔣勳老師的演講。演講到了尾聲，蔣勳老師朗誦那首〈願〉，送給大家作為祝福。我那時想，真正好的文學應該就是這樣，可以深入也可以淺出，聲音的美、畫面的美、意義的美，真正融為一體。老師的嗓音沉穩、迷人，並且挾帶強大的正能量，那便是打開感官讀文學的最佳展現。那場演講，在現實方面幫助了我的教學生涯，對一個年輕的教師來說是極好的鼓舞。在不那麼現實的方面，則讓我的心可以好好休息，只須靜靜領受美與感動。

於是我嘗試把所有感動我自己的作品帶到課堂上，跟各種體育專長的學生一起閱讀，聆聽那些來自遠處的聲音。遇到生命的某些糾結，我們就從文學裡搬救兵，從別人的故事裡找到治癒自己的方式。我也曾經帶著一群體育生參加詩歌朗誦比賽，看他們幾乎是用所有的神經在唸詩，用身體的每一處肌肉去詮釋詩意。他們在舞台上的樣子，其實已經是一首詩。女孩甩動頭髮跳舞，男孩前後空翻，詩歌的流動與他們的身體節奏同步。這段記憶，默默地支撐著我的教學生涯，在我倦怠的時候帶來力量。

後來，在廣播裡聽蔣勳老師串講中國文學之美，他誦讀的每一句都是我熟悉的，頻頻召喚出我在文學院讀書的時光。那麼好聽的聲音，提供了想像的憑藉，我依循著聲調的平仄起伏，揣摩大唐風景。《品味唐詩》裡，讀字如見其人——一樣有著成熟睿智的聲音，體貼地告訴我們那個詩的黃金時代，並且把美的歷史、美的沉思帶進了現代生活。

《品味唐詩》是一本從十三歲到九十三歲都適合品賞玩味的書，也是一本最適合翻譯給外國讀者的古典詩歌讀本。生命的種種難題，唐代詩人早已經為我們演練過了。蔣勳老師以最貼近文本的方式講讀與詮釋，讓舊詩煥發光彩，讓讀者可以輕鬆跨越古典語言的門檻，進一步認識每一個作家的經驗與情思。更重要的是，蔣勳老師用自己的感觀直覺呼應了那些歷久彌新的詩，分享了生命的感動、生活的情趣。

在這本品味之書裡，蔣勳老師從大唐盛世說起，巧妙揉合歷史知識與美學觀點，讓我們看見一個時代有一個時代的文學。他緩緩訴說文學史裡詩歌的遞嬗流變，再從形式與內涵去推敲一首詩的完成。而這一切，當然也都有獨特的時代意義。透過蔣勳老師的敍述，中學國文課本上的那些作品，不管是邊塞或田園、個人浪漫或社會關懷，在在變得可親可感。他說：「中國文學史上，詩的高峰出現在唐代。當我們讀唐詩時，意思懂或不懂，都不是那麼重要，只覺得那個聲音是那樣好聽。唐代是詩的盛世，詩的形式已經完美到了極致。唐代不僅在美術史上是一個花季，在文學史上也是一個花季。」在那樣的時代，繁花盛開，詩有實際的社交功能，同時也是寄託懷抱的最佳形式。

傳統的詩學主張知人論世，理解作家的生活背景，切入作家的精神世界。蔣勳老師在知人論世之餘，把讀者帶進一種情感飽滿的想像中，然後逐字逐句說出自己的體會。《品味唐詩》挑選的作家與作品，都是令我深深著迷的。在不同的年紀碰觸那些語言的珍珠，感受大不相同。詩境出現在考題裡跟出現在日常生活裡，味道也頗不一樣。我很不喜歡把詩放在選擇題折磨師生，那些零碎、支解、僵固的標準答案，大大傷害了我們的想像力與感受力。我喜歡的是，像蔣勳老師那樣的品味方式，以最真摯的敬重愛惜去貼近、去理解文本，讓每一首唐詩與自己的靈魂相互成全。

在蔣勳老師的傾訴之中，詩是記得，也是忘記。他與唐代詩人對話往來，別有一番瀟灑。於是我們讀到，張若虛〈春江花月夜〉的宇宙意識，這孤篇橫絕之作被視為「詩中的詩，頂峰上的頂峰」，將詩歌的氣象推擴出去，彷彿預告了盛唐。至於可以馳騁也可以淡定的王維，「筆下的田園與山水同時也是心裡的風景」，因為他描寫風景時同時帶出了生命狀態。另外，蔣勳老師說李白詩中有很多「我」，這便是「以浪漫來對抗客觀」。杜甫則是最具紀錄片導演性格的，「他的詩是見證歷史的資料。」中唐時期，白居易這位知識分子，用他的詩成為普通百姓的代言人，「因為公理與正義的推展也包含著美的共同完成」。晚唐的李商隱寫出了情感記憶中很私情的角落，「這個私情的角落被某一個詩人講出來的時候，你回憶到的不是他的角落，而是一個對那個角落的共同情感。」

歷數唐代詩人，細細琢磨他們各自開創的境界，《品味唐詩》提供的正是一種溫柔的觸動。在可解與不可解之間，每一首詩都像是一個不能輕易說出口的祕密，是生命的密碼，也是文化的密碼。而蔣勳老師就是幫我們把祕密說出來的人，並且用一個又一個祕密去同情、去寬諒、去撫慰，所有不安定的靈魂。《品味唐詩》不僅告訴我們解讀唐詩的密碼，更告訴我們怎樣看見各自的生命密碼，讓自己的生活多一些溫暖的消息。

有了詩之後，或許還可以發現，這才是被深深祝福的人生。

人生自是有情癡——慢讀《感覺宋詞》

讀宋詞需要敏銳的知覺，以及豐富的想像力。在宋詞中，不乏世俗生活的繁華靡麗，亦有文人雅士的心靈寄託。詞文學流行於市井酒樓，傳唱於宮廷樂宴，可以視為一個時代的心聲。依隨著音符抑揚，每個人在自己喜歡的曲調裡填進了生命故事，在歌詞中照見自己的心情。

最好的歌手，唱的不只是歌詞，而是透過歌詞進行深度挖掘，把那些藏在詞語後頭的感情與感覺召喚出來。當代流行樂壇中，費玉清、周杰倫、林俊傑諸多歌手演繹的中國風作品，幾乎可以說是隔世的宋詞。最厲害的流行音樂的作詞人將古典融入當下，形成豐沛的感情能量與穿透力。那些經過修飾美化的文辭，代表的是某種曲折婉轉的情意。或許因為難以直接說明，於是借助典雅清麗的語彙，將感情化為一句句歌吟，這就是詞。

詞的本色特質是細緻幽深、情意纏綿，就像王國維說的：「詞之為體，要眇宜修。能言詩之所不能言，而不能盡言詩之所能言。詩之境闊，詞之言長。」我被宋詞作品感動的起點，是一九八三年鄧麗君的經典之作《淡淡幽情》。當年鄧麗君親自參與製作，邀請作曲人為古代詞文學譜上旋律，總共收錄十二首歌曲。鄧麗君說：「我可以得意的告訴您，我邀請到的作詞家，都是千百年來，最了不起的頂尖高手。有時候唱著唱著，我會覺得好像不是在唱歌，而是在傾訴古老、莊嚴，而且多情的中國。」《淡淡幽情》專輯中，詞中帝王李煜的〈獨上西樓〉、〈幾多愁〉、〈胭脂淚〉譜上新曲，賦予古典文詞新生命。〈但願人長久〉（蘇東坡詞）也成為一代人共同的鄉愁，創造出華語流行音樂新面目。這首歌後來又被王菲翻唱，收錄於《菲靡靡之音》。鄧麗君的唱腔，可說是詞體的最佳展現，似乎在每一處轉折、每一個尾音都留下故事，牽動綿綿不絕的情思。

詞文學的起源眾說紛紜，一般以為這種新興文體承襲漢魏樂府詩之遺風，受外來音樂影響，從而改變唐詩體製，逐步發展出獨特的文體特色。一代有一代的文學，「漢賦、唐詩、宋詞、元曲」並稱，為中國四大韻文。不同的文體押韻形式亦不相同，近體詩在偶數句末字押韻，第一句末字可押可不押。詞、曲則依照詞牌、曲牌之規範，配合音樂屬性而用韻。詞的別稱甚多，從別稱可以看出這種文學形式的特色。名之為「詩餘」，乃因出現於詩之後。每句字數長短參差不齊，故稱「長短句」。被之管弦，可入樂歌唱，所以又叫「曲子詞」、「樂府」。填詞必須依照詞譜格律規定，故曰「倚聲」。

詞的興盛，與文化發達有關。五代時期，南方社會相對安定，得以發展精緻文化。西蜀、南唐國君皆愛好文學，南唐堪稱當時的文藝重鎮。宋代城市繁榮，庶民文化娛樂蓬勃發展，流行民間的詞體更加興盛，自此成為宋代文學類型之代表。《感覺宋詞》裡，蔣勳老師依循詞文學的發展歷程，將作品置放在歷史背景裡，仔細說解文學與音樂的關連，引領讀者賞玩音樂文學之美。書中以美學品味為核心，分別介紹重要詞人及其詞作。

李白、溫庭筠、韋莊、李煜、馮延巳、范仲淹、晏殊、晏幾道、歐陽脩、柳永、蘇軾、秦觀、李清照、周邦彥、辛棄疾、姜夔……，他們的創作成果，正也是詞文學的發展軌跡。理解這些名家作品，必須從感覺出發。蔣勳老師依序娓娓道來，晚唐風華、五代花間、兩宋文明，均於是乎在。兩宋物質文化精緻唯美，詞體創作臻於高峰。蔣勳老師認為：「詞是在宋代文化的基礎上，將漢語格律的美做了一次最大的集合。而美學是不能勉強的，必然跟隨個人所處時代的真實經驗去闡述。宋代美學品質獨具，積極建立文化，發展出非常正面而驚人的力量。」（按：引文中蔣老師的幾段原文已略作調整，將幾處引文融為一處）

慢慢讀著《感覺宋詞》，尤其令人動容的是，書中除了文學導讀之外，提到不少古代書畫名作如：《韓熙載夜宴圖》、《草蟲瓜實圖》、《谿山行旅圖》、《寒食帖》，亦旁及西方文學經典如《追憶似水年華》。蔣勳老師信手拈來，將詞論與書論、畫論講得清透明白，讓不同的藝術型態相互輝映。這種說解方式，具有堅實的知識基礎，也有親和的感覺體驗，更有無可取代的個人魅力。

宋詞的俗與雅、婉約與豪放，各有其美學特徵。蔣勳老師剖析詞體美質，持論平和公正，他說：「從美學本身來講，陽剛的美和陰柔的美是無法判定高低的。我們的生命有時會有一種大時代的遼闊，要去發出大的聲音，可是有時候生活裡面只是小小的事件，只能令人發出一種低微的眷戀和徘徊。」「通俗的意義就是回到世俗，俗世文學自有它的一種活潑和力量。」讀宋詞的時候，我覺得那些高低抑揚的聲音裡，洋溢著情感的溫度。那或許是因為世界無比遼闊，沒有標準答案的人生裡才有這諸多情癡。

開始懂了

至今仍然想念，那個離我遠去多年的夏天——高一升高二的暑假輔導課期間，我第一次完整地將《詩經》讀過一遍。少年讀詩，讀的是情境、是感覺，也可能只是為了獲得一些模糊又籠統的領會，於是可以囫圇吞棗，眼睛匆匆掃過一遍就覺得讀完了。高溫炎熱的課堂上，聽到蟬聲時響時歇，我似乎被關閉在自己的青春迷宮裡，渴望一個出口。我們的國文老師不追求進度超前，反倒是讓教學活動與升學考試暫時脫鉤，她自印課外閱讀講義，補充了不少古典文學名篇，其中包括《詩經》經典篇章與唐傳奇裡的〈會真記〉。或許當年不太能懂得的，需要查找注解的那些字字句句，就是我的出口。

詩無達詁，沒有唯一的正解，當古遠的音韻堆疊鋪排，就像一座迷宮誘惑著找尋答案的我。忘了怎樣穿梭巡行，但願曲徑可以通幽。詩也像一面鏡子，映照出自己的狀態，以及那種努力想要解釋什麼的心情。

漢字的神奇之處，正在於突破了時空的限制。音讀或許早已變異，方塊字形裡凝聚的意義卻依然有跡可尋。我從來沒有懷疑過，為什麼要讀這些看似與當下時空脱節的文字。也從來沒有懷疑過，這些彷彿對現實一點幫助都沒有的篇章可以帶來怎樣的力量。傳統的詩教崇尚溫柔敦厚，可以興、觀、群、怨，換成現代語言來説，我認為詩的力量、文學的力量，可以阻止一顆心變得僵化，可以阻止靈魂變得殘損破碎。

高中時期的我，每天下課後在高雄火車站前的書局練功，沉浸在另一個時空之中。當生活被大大小小的考試凌遲的時候，文學帶我暫時遠離現實，累積能量之後再重回現實。那個時候，每天可以翻完一本現代詩集。很珍惜那種看不懂的感覺，跟不懂自己的孤獨好像是同一回事。又或者是古典詩歌，每天抄寫背誦，都只為了朝著當下難以理解的事物前進。那些古老的聲音不管是來自民間，或是出自文人之手，始終影響我的創作。大學讀中文系，必修詩、詞、曲及習作，沿用古代音韻格律，寫絕句、律詩以及詞曲，這樣的表達形式可以讓一個人從現實中抽離，仔細地咀嚼自己寫出又抹去的字字句句。寫到忘我的時候，竟有一種痛快。

還有一種痛快的聲音，來自蔣勳老師的詩集《多情應笑我》。詩集中有一首〈酒歌〉，常常出現在中學生詩歌朗誦比賽的場合。這首詩聲情跌宕變化，具有年輕飛揚的生命力。〈酒歌〉前兩節是這麼寫的：

是賈誼痛哭的年紀
是王粲登樓的年紀
要像李白一樣
笑入胡姬的酒肆
要像慷慨悲歌的辛稼軒
不恨古人吾不見
恨古人不見吾狂耳

晉朝的阮籍在荒山裡找不到路
酒醉的劉伶放聲大笑

嵇康和做官去的巨源絕交
王羲之坦腹坐在床上
這頭顱是年輕的頭顱
請砍去了
擲在天地中
讓歷史驚動

在這首詩裡，蔣勳老師向某種人格精神致敬，對著古代人物訴說個人的心事。他揣摩那些古代作家的遭遇，設想他們的心靈境界，用現代詩語言與他們遙相問答，古人的狂與自己的狂，原來可以彼此印證。如今，隨著蔣老師的步履，我們可以沿循歷史長河，與更多經典對話，與古代人物相往來。蔣老師回溯詩歌發展的源頭，將那股潛藏的感發力量傳遞給讀者。詩經時期先民的歌唱，楚地神祕迷離的樂歌，乃至於屈原、曹操、曹丕、曹植、陶淵明等人的作品，都在蔣勳老師的敍述中煥發獨特的魅力。他們精彩的生命歷程與具有個性的書寫，不再是與我們無關的事。當我們在這些作品裡看見了人性，體會到幽微的心意，或許才可以真正發現同情共感原來是這麼一回事。

聽蔣老師談詩經、陶淵明、文學史上詩的流變，他詮釋方式和學院裡傳統的說解訓詁頗有不同，蔣老師試圖把一首詩背後的生活和故事想像出來，讓一切回歸興發感動。他並不否定《詩經》的經典地位，而是希望訴諸傳唱的本質，讓更多人聽見那種遠古的聲音，並且從這些聲音裡得到感動，獲得理解與慰藉。相對於詩經的樸實淳厚，《楚辭》代表南方的激情。蔣勳老師以雲門舞集演繹的《九歌》作為參照，讓古典詩歌與現代舞作形成互文、對話。他曾說，〈九歌〉一直活在我們身邊，我們要試著重新去了解太陽的感覺、海洋的感覺、河流的感覺、愛情的感覺，用我們今天的方式去書寫新的〈九歌〉，詮釋新的〈九歌〉。

至於漢代樂府，蔣勳老師著眼於土地倫理，體察民間市井之聲。並且從漢代樂府聯想到台南南聲社南管樂曲、客家採茶歌、民歌手陳達。他認為，像陳達沙啞的聲音裡有很豐富的情感，是種歷經滄桑後的凝練。民間有很多這樣的人，他們用歌聲表達生活裡的辛酸。民歌的情感直接、形式複沓，其語言結構便於傳唱，是其他文學形式無法取代的。

古詩與樂府往往並列，為漢代詩歌文學雙葩。「古詩十九首」指的是兩漢時期文人創作的五言詩，起初既無固定題目，也難以考證作者是誰。「古詩十九首」的題材不外乎人生苦短、及時行樂、離愁閨怨、遊子思鄉，或許正是文人面對社會的諸多喟嘆。「古詩十九首」仿擬樂府民歌，脫離詩經的四言體和楚辭的騷體，以五言體傳達情感志向。一九四一年的《國文月刊》上，朱自清開設詩文選讀一欄，曾為《古詩十九首》進行詮釋，可惜僅釋九首而止。朱自清認為唐代李善的注解釋事（典故）的地方多，釋義（用意）的地方少，其說解方式較為謹慎切實。誠然，要了解一首詩，必須明白詩裡的典故，才不會望文生義導致曲解附會。蔣勳老師以文人的憂思為主軸，兼顧典故與詩意，剖析《古詩十九首》中對生命的哀嘆，讀出了弦外之音。

東漢獻帝建安末年，社會動盪不安，曹操掌握軍政大權且雅好文學，於是形成以曹氏父子為中心的鄴下文學集團。建安詩人延續了漢樂府「感於哀樂，緣事而發」的精神，常以樂府舊題反映現實，古詩十九首亦為建安詩歌提供了創作典範。主要代表人物有：三祖陳王（魏武帝曹操、魏文帝曹丕、魏明帝曹叡、陳思王曹植）與建安七子（王粲、陳琳、徐幹、劉楨、應瑒、孔融、阮瑀）。他們表現強烈的個性，詩風慷慨激昂、剛健有力，被稱為「建安風骨」。蔣勳老師深入探討三曹父子作品及其時代，他說三國時代的精采，源自於各種不同的生命經驗產生了有趣而迷人的對話關係，他們每個人都是歷史上不可替代的符號，無法只用好或壞來判別。這是只有三國才能提供給我們的豐富。一直到了陶淵明，詩歌情調「重新回到了素樸裡，回歸生命本原智慧。」蔣老師的闡釋，讓我們明白「資訊並不等於知識」、「知識的疊加也不等於智慧」。陶淵明用一個「忘」字證明生活才是本體，如此才不會被知識壓得喘不過氣，生命才能回到最輕鬆自在的狀態。

如今讀詩，人生在經歷過某些挫折誤解之後，有一種開始懂了的趣味。這或許就是懂得的智慧，而且在開始懂得之後，有一種飽滿的慈悲。

美麗新世界

在許多場文學講座上，我發現，蔣勳老師一直留心詩歌的源流與變遷，並且從古代作品中找到聲音與感情的力量。文學的繼承與創新，也是蔣老師關注的，他也一直以創作者的眼光審視創造的勇氣。羅洛·梅（Rollo May）《創造的勇氣》明白地告訴我們：從事一項新的工程、開發一塊無人區域，闖進沒有專業嚮導也沒有現成途徑的森林，必須擁有極大的勇氣。這樣的勇氣，可能缺少範例，也可能不太有人知道那是怎麼一回事。唯有勇敢的藝術創造者，能夠直接面對當下，開創新的形式、新的象徵，然後成就新的典範。蔣老師在一系列演講、書寫中所列舉的人物與作品，其實都是自我開創且充滿勇氣的故事。

蔣勳老師羅列這些值得珍視的名字，訴說著創造者的熱情：韓愈、柳宗元開啟古文革新運動，關漢卿寫出元曲的生命力，施耐庵以《水滸傳》進行劇烈的思想顛覆，湯顯祖透過《牡丹亭》探索愛情的力量，唐寅、徐渭、張岱讓自己的叛逆成為一種美學，還有曹雪芹《紅樓夢》所完成的永恆青春帝國……。這些證據讓我們看見，所謂的古典並非只有一種套式，而是透過不斷地變造與反動，讓自己本身也成為「現代」。至於民國以後的文學，魯迅、沈從文、張愛玲各有關懷，以新文體回應新國體、新社會，同時也讓我們看見「生命和生命靠近的可能性」。不管再怎麼生硬的思想、文學理論，蔣勳老師娓娓道來的時候，都變得親切易解了。

不知道為什麼，很多人對古文懷著先入為主的偏見，將韓愈誤認為是僵化的守舊者，也將文以載道誤認為是食古不化的教條。殊不知韓愈的主張是非常具有革命性的，他的文章飽含改革社會的勇氣，同時也帶有文體實驗的特色。韓愈的〈答李翊書〉中談論寫作之道，揭示了文章的根本乃是道德，學文必先務本。韓愈以傳道作為畢生抱負，主張寫作時要力求創新，不落前人窠臼。他的主張是：「當其取於心而注於手也，惟陳言之務去，戛戛乎其難哉！」意思是說，當一個寫作者試圖將心裡的想法寫出來的時候，要去除那些陳舊的言詞，確實是很困難的。

蔣勳老師談唐宋八大家文體的新變，將古文運動定調為「知識分子的自覺運動」。知識分子的可貴，是自覺地批判社會不公不義，從未放棄替生民百姓發聲。古代作家看見自己時代的限制，在形式與內容上提出洞見，這就是文與道相互調和的結果。就此看來，韓愈不僅是一個文體的開創者，也是最能回應「當下」的作家。社會情境不斷變化，可是知識分子的真心永遠不會過時，這也許就是韓愈文章所彰顯的價值。

蔣勳老師介紹唐代散文與現代文學時，最讓人神往之處，在於其中流露一種珍惜之情——珍惜那些具有實驗精神的創造者，珍惜那種「戛戛乎其難哉」的苦心孤詣。蔣勳老師不俯瞰也不仰望，往往只是平視，以一己的虔敬與古代作家交換意見而已。我以為，那樣的同情共感就是理解文學最好的姿態了。如果沒有真切的眷戀、沒有纏綿的珍惜，一個人是無法懂得另一個人的。蔣老師與不同時空的作家對話，那狀態真像是梁靜茹所唱的：「找一個人惺惺相惜，找一顆心心心相印。」彼與我互為主體，相互成全與印證。

蔣勳老師對於古典、今典的詮釋，宛如一個美麗新世界。以前在文學史課堂上記誦過的作家生平與經典著作，在蔣勳老師筆下皆成為生動迷人的生命學問。蔣勳老師熟諳傳統說部與民間戲曲，善於揉合古今，進行參差的對照，且能用最生活化的語言傳達最深奧的思想。譬如他說關漢卿的魅力，在開拓民間的生活經驗方面，其豐富程度不亞於莎士比亞。莎士比亞可以寫老年蒼涼，可以寫少年青春之美，有各種變化，關漢卿亦有萬般不同，在劇作中搬演人生。

而小說藝術之精采，則在於提供觀察複雜人性的不同角度。蔣勳老師認為，文學的好處是，使我們在日常生活中不那麼武斷，「可以多一點寬容、多一點擔待」。藉由蔣老師的詮釋，《水滸傳》、《金瓶梅》、《紅樓夢》龐大的敍事裡，充滿了人情世故，讓我們學會看見，也讓我們學會悲憫。從唐代散文到現代文學，形式不一、格局不同，但文學的力量恆在，人性的力量恆在，其中有自我的完成，也有對世界的擔待。

蔣勳老師教我的事——關於五本蔣勳老師的書

孤獨是生命的原型——《孤獨六講》

讀大學時，教文學創作的老師總是對我們說，孤獨是生命的原型。這話不難理解，想要擁抱自己的孤獨卻很是困難。生命的開始是孤伶伶的，生命的最終也是孤伶伶的。所有生命經驗，都只能是個別的體驗，自我與他人的命運無法以身相代。曾經在年輕的時候，為了逃離孤獨、尋求陪伴，我做了一些傷人傷己的事。愛的本能那麼美麗，索愛的方式卻往往導致悲哀，這怎能不叫人遺憾。過於莽撞的感情與慾望像是彩色泡泡，不用戳很快就破了。

為了夢幻泡影而歡笑，為了夢幻泡影而哭泣，不知道算不算是一種自欺？

不用自欺之後，或許比較可以擁抱自己。我一直喜歡劉若英唱的〈我敢在你的懷裡孤獨〉。最親愛的兩個人，可以給予彼此最濃烈的愛，也同時可以容得下各自的孤獨，那應該是人與人相愛的最理想狀態了。敢於孤獨，可能也是讓生命變得完整的方式吧。

畢竟，自己的與他人的，身體與心靈，不會只有彼此依偎取暖而已。依偎又磨合，才是孤獨自我的沉重功課。

蔣勳老師的《孤獨六講》梳理生命中的孤獨境遇，從六個面向碰觸最幽微的人性。「情慾」、「語言」、「革命」、「暴力」、「思維」、「倫理」這六個主題，跟孤獨原型相互關連，交織出人的命運。蔣老師說：「對人性的無知才是使人變壞的肇因，因為他不懂得悲憫。」「因為我一直覺得，孤獨是生命圓滿的開始，沒有與自己獨處的經驗，不會懂得和別人相處。」這些話語讓我明白，跟他人對話、跟世界對話之前，首先要跟自己好好對話。要經歷一些事之後，才終於看見自己的執著、煩惱，理解那麼多的「求不得」為什麼會變成生命的負累。

記得剛剛在高中任教的時候，有一個高三的學生問我：「為什麼同學不喜歡我？為什麼他們要排擠我？」那時，經驗不足且欠缺智慧的我直接說出了真心話：「不被喜歡就是排擠嗎？先問問自己做了什麼吧？別人有義務喜歡你嗎？倒是可以試著想想，怎麼散發令人喜歡的特質。」急於幫學生釐清問題的我，看著他的無助，剛好也暴露了自己的無助。一直要等幾年過去以後，才有一點恍然——當時那個學生根本還沒準備好去面對問題、解決問題。他只是想要得到一個暫時的情緒出口而已。是我自己過度魯莽了，過早把問題揭開來，這可能就是所謂的揠苗助長吧。有些問題需要拖延才能處置，需要距離跟時間形成屏蔽。那個學生其實是在孤立無援的情況下尋求安慰罷了。

不過有時細想，這世界其實很公平，也很殘忍，不願意設身處地理解他人的人，通常無法獲得他人的理解。人與人之間，何其艱難。

夠有自信、夠愛惜自己的人，比較不會在意是否被他人接受或喜歡。而且，那樣的人，往往是備受歡迎的。自愛與愛人，常常是一體兩面。能夠自尊自重，敬慎對待自己的孤獨的人，通常比較能夠得到別人的信賴與敬重。那個孤獨的起點，決定了人際關係的好壞，也決定了感情交流的質地。

看見孤獨的生命原型，善待自己的孤獨，或許才能活得更加自在坦然。

理解人這種動物，說簡單很簡單，說困難也很困難。在辦公室裡跟同事討論喧騰一時的情殺事件時，心裡有很多感觸。向來疼惜貓狗的同事告訴我：「貓就是貓，狗也一直就是狗。但是，很多時候，人很可能不是人。」我很疑惑，人為了逃避自我，為了逃避那最孤絕的自我，究竟會做出哪些可怕的事？人的本質，真的比貓狗的本質還要來得尊貴嗎？這些問題令我一時惘然，可能也找不到標準答案。

然而我始終知道的是，人意識到自己的孤獨時，是可以與天地精神交換意見的。「獨與天地精神往來」，在一個人孤寂裡，或許可以看到完整和自由吧。

原來還是捨不得——《捨得，捨不得：帶著金剛經旅行》

早些年，旅行前整理行李，經常為了該帶哪本書而猶豫不決。回來以後，則常常懊悔帶出去的那些書一本都沒看。為了這些小事，忽然一念無明、煩惱纏縛，想想其實不太值得。最近幾次旅行，心裡比較自在了，有什麼就看什麼，沒看什麼也無所謂。有了手機與網路的旅行，隨時要找什麼來看都很方便，自己執著的，或許只是翻動紙本書時觸覺的愉悅所帶來的滿足感吧。

手機裡的影音資料夾，一直留存著蔣勳老師誦讀《金剛經》的錄音檔，那是《捨得，捨不得》隨書附贈的。《捨得，捨不得》裡，蔣老師帶著金剛經去旅行，他說：「《金剛經》我讀慣了，隨手帶在身邊，沒事的時候就讀一段。一次一次讀，覺得意思讀懂了，但是一有事情發生，又覺得其實沒有懂。」我進到陌生的旅館，第一件事就是把金剛經的聲音檔打開，懂或不懂也沒什麼關係，有那樣的聲音環繞著，我就感到很安心。

高三上學期翰林版國文課本第五冊裡，選錄《捨得，捨不得》裡的〈滅燭．憐光滿〉。上這一課的時候，時節正好接近中秋。在城市裡生活久了，很容易忽略月亮的圓缺變化。張九齡望著月亮懷想遠人，寫出了「海上生明月，天涯共此時。」他看過的月亮，仍然輝照著我們的世界。但世界已經變得很不一樣了，當下眼前的世界，或許是張九齡發揮極致的想像力也無法觸及的。

談〈滅燭．憐光滿〉的時候，我順便跟學生介紹蔣勳老師的〈地藏與蓮花〉。地藏菩薩的大願，以及蓮花的生死流轉，原來凝縮在旅人的目光裡。蔣老師說：「久遠劫來，流浪生死，一世一世，我們是否也像一粒蓮子，也在等待，漫長孤寂之後，會有生命重生的領悟嗎?」中年以後,必須承受更多的生離死別,感慨也就更加沉重。殊不知,這也許才是人生的真相,是我們活在這個世界上的理所當然。當親愛的人離我而去,我不自覺地開啟聲音檔案,聽蔣勳老師念誦《金剛經》,用淚水洗滌受傷的心。

〈滅燭.憐光滿〉提到了京都嵐山的放水燈儀式。二〇一六年八月十六日,我正好就在嵐山桂川旁,拍下燈籠流的照片。買兩盞燈,寫兩份水塔婆(祈願的木片),為長輩祈求冥福。那天風雨猛烈,水燈飄搖明滅。天色全黑之後,又去廣澤池看水燈,等候五山送火儀式,瞻望鳥居型篝火。在河水中,在火光中,亡靈被引渡到了彼岸,獲得永遠的寧靜與安息。五山送火儀式似乎沒被暴雨干擾,如期進行,鳥居型火光亮起,眾人一陣歡呼。雨竟然就停了。

踏著夜色歸去,想起《金剛經》說的:「應無所住而生其心。」無所住,就是不執著,不被意念與外物綁架,不被心外的事物干擾。那時,生出慈悲與智慧,人才可以真正的平靜與自由。只是,生活的難處往往如此,明知道應該要捨得的,原來還是捨不得。

有一回在京都看祇園祭,忽然就重感冒。溽暑時節在旅館裡昏沉睡去,流了許多汗。服用成藥的關係，那幾天食不知味，走路的時候有些虛浮無力。於是，原先安排好的行程全都取消，一個人坐在窗邊，看窗外綠蔭濃密的櫻樹，想念一個已經永遠離開的人，有時默默垂淚。陽光灑落，櫻樹枝葉搖曳，感覺世界真安靜。然而，似幻似真地，我耳裡盈溢金剛經的話語，以及永觀堂的鐘聲……

那時似乎也聽見，自己的脆弱與恐懼。我，是我自己的煩惱。我，也是我自己的憑靠。在《金剛經》裡漫漫而遊，其實是一趟忘我的旅程。

每次旅行結束之後，回到熟悉的日常，話變少了，也比較不去想「生死疲勞」的問題。空閒的時候，伏案專注抄寫經文，忘記時間流轉，日子與日子之間彷彿才讓人覺得安心。

慢日子——《池上日記》

每個人的心理時間，流速大概都不太一樣。有人度日如年，有人一日三秋，也有人覺得白駒過隙、人生一瞬。事實卻是這樣，時間依然繼續在走，世界從來不為誰暫時停止轉動。人在時間裡，有時徬徨，有時感到舒坦。諸般境遇交織，總讓人慨嘆滄海難買，而春露始終如冰。

梁靜茹的〈情歌〉這麼唱著：「時光是琥珀，淚一滴滴被反鎖。情書再不朽，也磨成沙漏。青春的上游，白雲飛走蒼狗與海鷗，閃過的念頭，潺潺的溜走。」偶然翻檢別人跟自己的故事，終於才承認，千金難買少年愁，千金難買早知道。跟我一起去聽梁靜茹演唱會的L，曾經信誓旦旦地說要把永恆交給他親愛的人，要跟對方幸福廝守。這次他從美國回來看我，不過兩年時間，他歷經幾段感情變故，稍稍明白對人生嘆氣的感覺了。周五下午的辦公室，來了一撥又一撥的畢業校友，散在各角落跟不同的老師對話。在這樣的時刻，我唯一的想法是，時間過得好快。穩定的生活節奏中，我的時間被切成一節一節、一周一周，年年月月相似。人在體制裡，心境與時間交相作用，很容易就成為體制時間的俘虜。

感慨暫且擱下，畢業校友們是帶著時間的勳章回來的，我每每可以為此欣喜良久。L的學術成就甚是優異，接下來又要去美國的研究單位任職了。我滿心祝福，在年輕的時候，如果可以飛揚跋扈，當然要盡情地飛揚跋扈。辦公桌上仍放著梁靜茹演唱會時買的螢光棒，我拿起來撥動開關，對著L閃啊閃的，說道：「兩年過去了，螢光棒還可以發光。可是，當初執著的承諾、愛情，都已經幻滅了。」L與我相視而笑，握手互勉，他好好做他的研究，我好好做我的創作，這些事都不會背叛自己的。

感情的生滅太難逆料，可是我相信，擁有同一種心理時間的人，比較可以成為生活中的伴侶。如果找不到那樣的伴侶，學詩人艾蜜莉．狄金生（Emily Dickinson）孤絕地擁抱自由，守護靈魂的獨立與純粹，應該也很不錯。她寫詩時預期的理想讀者，應該就是她內在的聽眾吧。

誤入塵網中，其實也是自主決定，沒有什麼好抱怨的。把心理時間調好，讓自己自在些，跟自己的內在聽眾對話，也許比較能夠抵抗外在的網。

日子過得飛快，我反覆聽著幾個版本的〈從前慢〉。劉胡軼、劉歡、楊宗緯、葉炫清都唱過這首歌，歌詞原本是木心的詩。譜曲之後，覺得原來詩裡的畫面變得更生動了。作曲者劉胡軼盡量貼近詞意，讓音符跟著詩句走，他認為如果音樂旋律太有個性，對歌詞是不尊重的。所謂的尊重，可能就是木心作品裡強調的誠懇跟懂得暗示的狀態。尊重歌詞，大概也是在向歌詞裡的生存語境致意。

〈從前慢〉如此敍述悠遠的時光深處：「從前的日色變得慢／車、馬、郵件都慢／一生只夠愛一個人／從前的鎖也好看／鑰匙精美有樣子／你鎖了，人家就懂了」這首歌相當具有畫面感，一再讓我想起花東縱谷沿線的富里、池上、關山、鹿野。那條我讀博士班第一年時，開車往返數十次的公路，以一種最緩慢的姿態使我的心安靜下來。男孩Z在跟他女朋友談分手的那個寒假，我們約了一群人出遊，順便為Z解憂，在縱谷裡看看山、看看雲，說了許多言不及義的話。那時在池上停駐，流連，望著遠山流雲，望著稻浪迎風，天色漸漸暗下來。

天黑以後，肚子餓了，領著男孩們去吃我最鍾愛的池上米。Z可以當場一口氣嗑完兩個池上便當，然後還要外帶便當、買一堆零食帶回旅館當消夜。比較遺憾的是，幾回池上去來，永遠只是那樣匆匆一瞥，一直沒法住上三兩天。如果能待十天半個月，心念的轉動應該可以變得緩慢而優雅。

久住池上的心情，蔣勳老師在《池上日記》裡都已經呈現了。他寫出了這樣美麗的感官體驗，天光雲影流轉，萬籟暗中交響：

那是一次奇特的聲音的記憶，風聲，雨聲，自己的聲音，水渠裡潺潺的流水聲，海岸山脈的雲跟隨太平洋的風，翻山越嶺，翻過山頭，好像累了，突然像瀑布一樣，往下傾瀉流竄，洶湧澎湃，形成壯觀的雲瀑。池上的雲可以在一天裡有各種不同的變化，雲瀑只是其中一種。有時候雲拉得很長，慵懶閒適，貼到山腳地面，緩緩盪漾，有人說是卑南溪的水氣充足，水氣滋潤稻禾，也讓這裡的稻田得天獨厚。

這些文字喚起我的往日時光。在台東工作的那三年，刻意遠離城市，把自己拋擲在海天一隅，用慢一點的方式來安置自己的二十五歲到二十八歲。那時我所居住的地方，是花東縱谷的最南端，夏天常有焚風，冬季大三角常出現在無雲的星空中。住過幾個縣市之後我發現，每一個地方，各有獨特的人情狀態，其細微處很難清楚說明，只有深入相處過才能知道箇中差異。我喜歡有點黏又不會太黏的人際關係，像晶瑩清香的池上米那樣。

離開台東多年，我身上似乎仍帶著某種銘刻標記，那裡的天色與氣候會認得我。

在時間裡——《吳哥之美》

唯一一次去吳哥窟，是受了《花樣年華》與《吳哥之美》的召喚。

王家衛電影《花樣年華》的結尾，梁朝偉飾演的男主角周慕雲對著樹洞訴說，把無可告人的祕密藏進洞裡。然而周慕雲轉身離去之後，光影游移變幻，樹洞驀地長出草來。原來，心事會變形，會以另一種姿態在這個世界上茁長或消亡的。《花樣年華》裡，梁朝偉與張曼玉搬演一段無法修成正果的感情，一切只能成為追憶，回看過去的時候平添悵惘而已。相愛的人無法在一起，甚至連表白自己的情感都顯得無比奢侈，這樣的劇情確實極為虐心。何其殘忍的，愛的本質常常讓每一個人不由自主。

王家衛的電影一再告訴我們，愛情是有時間性的。

吳哥窟的歷史殘痕，或許正可以印證愛情的時間性。

吳哥王朝曾經盛極一時，元朝人周達觀《真臘風土記》一書即是最好的印證。書中記載十三世紀末葉燦爛的吳哥文化，翔實呈現建築、雕刻面貌，以及當地人民的生活百態。然而，王朝迅速崩毀，龐大的建築遺跡於是隱沒於荒煙蔓草中，直到十九世紀末，吳哥遺跡被重新發現，再度回到世人眼前。

我與專研空間與文化的Y約好，一起去吳哥遊逛。我們兩個各懷心事，在旅途中彼此揶揄，也彼此寬解對方的憂鬱。在Y身上，有一股特別的氣息，那是失去了最愛的人才會有的。那趟旅途中，我知道Y即將要告別悲傷了，新的故事或許正在醞釀。Y需要某種場景，把憂鬱換個地方積存，妥善地封存起來。他要告別那個長夜流淚的自己，好讓自己可以看看未來的模樣。

於是我們來到吳哥。

一塊又一塊的石頭，一面又一面的浮雕，堆積出吳哥的氣勢與華麗。金石之固，讓人錯覺那是永恆。可是在時間裡，一切都在剝蝕，都在改變。

許多石雕佛像是缺手斷腿，面容殘損的。暮色降臨時，祂們的表情好像在微笑地哭泣，風一吹就會流淚。有沒有可能，愈是殘缺破損，就愈容易引發美的感傷？

像吳哥窟這樣的光陰殘骸，才更讓人理解美與破壞的辯證關係。

蔣勳老師的《吳哥之美》說道：「美無法掠奪，美無法霸占，美只是愈來愈淡的夕陽餘光裡一片歷史的廢墟。帝國和我們自己，有一天都一樣要成為廢墟；吳哥使每一個人走到廢墟的現場，看到了存在的荒謬，或許慘然一笑。」我不禁疑惑，最負盛名的，吳哥的微笑，那輕輕上揚的嘴角，究竟在暗示什麼呢？

隨身帶著《吳哥之美》，任意晃蕩在吳哥遺址，看見了存在，也看見了荒謬。最難看見的，也許是自己的命運。

感情的預言——《多情應笑我》

一九八九年初，蔣勳老師的《多情應笑我》出版，這也是他的第三本詩集。

當時就讀國中二年級的我，常常無法正視心中的抑鬱、憂傷或者憤怒。青春期身心遽變，最難堪的處境是，跟自己過不去，也跟世界過不去。我需要許多的課外讀物，一方面安慰渴望被瞭解的心，一方面遮掩害怕被瞭解的心。那時極度迷戀古典詩詞，卻不太知道什麼是現代詩，從課本認識的現代詩幾乎無法觸動我的心。

那時的課本，除了〈與妻訣別書〉，幾乎沒有跟愛情有關的文本。殊不知，青春期的愛與不愛，尤其需要寄託在愛情文本上。我所想像、渴望的感情故事，很希望有人已經用文字為我演練過一遍。彷彿，提前告訴我一些些不可洩的天機。

忘了在怎樣的情境下，同學遞給我這本《多情應笑我》，認為我應該會喜歡。的確，我是喜歡的，或許也默默喜歡那個把書傳來的人。

青春期讀詩，完全不用在意理論，光憑一股直覺。直覺的好惡，影響了我往後的世界觀。我直覺喜歡某些字詞句子造成的複沓效果，喜歡清朗乾淨勝過繁複晦澀，喜歡〈京都看雪〉、〈再見，奈良〉、〈水中花〉、〈願〉這幾首從容優雅的詩。要到很久之後，才真正去了京都、奈良，才明白情感的生滅無常，愛情裡的犧牲與成全是怎麼一回事。詩如果有某種神祕感通的力量，或許就是這樣了。有些神祕的詩表面看似清澄，初讀不覺得其中有什麼祕密，總要經歷歲月淘洗，才看見自己的感情早就被預言。

讀國、高中時，常在自己喜歡的書頁裡畫線、標記，再把那本書交給暗自喜歡的人。無法明白告訴對方的話，都藏在那些被標示的文句裡。因為這一層轉換，情感的線索是極為含蓄的。含蓄，迂迴，曖昧，傳達出去的消息，好像透著朦朧的光，不至於太過刺激。

寫詩的時候，我相信至誠之道，唯有出於一片至誠，才可以把自己帶向更神祕的地方。很懷念那些有對象可以訴說的日子——在那耿耿不寐的長夜裡，因為深愛著某個人而陷入瘋狂書寫的狀態。有一個人，讓自己變得有話可說、無話不說，說出來的卻又都是模糊不清的暗示。這可能就是詩了？

如果你曾為了生存哭泣——讀《雲淡風輕》

對面的社區裡有一戶人家，在庭院裡種植了一株山櫻，每年三月定期開花。有時開得早，有時開得比較晚，但總是要開的。平常我也不太注意，這株山櫻是否含苞，枝葉是否繁茂。常常是不出門的春雨之日，心緒雜亂，到陽台去張望遠方，忽然就看見它完整地開好了。

偶爾也會想起，某年春天去奈良賞櫻，看不到一片潔白粉紅的燦爛滿開，只看到幾株不合群的櫻花開得較早，也只看到枝椏上無數的花苞，說不開就不開。帶著失望的情緒，即將離開奈良的前一夜，我從社群網站上看見朋友的所在位置，離我不到一公里的路程。於是傳訊相約出門散步，一起沿著佐保川慢慢走，找了一樹朦朧花影，在花下以啤酒互祝安好。那時才發覺，我總是無法呼朋引伴，一個人說走就走，常常是當天晚上訂機票，隔天就出發。一個人看著櫻花樹的集體行動，很歡喜地坦承自己的孤獨。

那個晚上，朋友說還會在日本多待幾天，應該可以遇見櫻花最盛的時刻。我跟朋友說，真的好可惜，我明天早上就要回台灣。忍不住伸手輕輕撫摸眼前的花苞，祝福它能夠好好把自己打開。同時感嘆了一聲，好硬啊。花苞如此堅硬，想要從堅硬的殼裡鑽出來，是多麼費力的事呢？然而，它們勢必要鑽出頭來的。對這種生存的艱難、將自己打開的艱難，我感到憐惜。想到那些花兒從來不是只為某一人的願望而開放，於是稍稍可以釋懷了。即便是只看得到花苞，終究也不會一無所獲。

滿樹的花苞什麼也沒說，但我似乎因為觸摸過它、撫慰過它，於是得以理解它們的沉默，沉默中的無盡話語。那些與我有別的諸多生命，交會的情境不一，然而終須一別。

那天晚上，我在暗弱的燈光下為少數幾朵開好的櫻花寫真。鏡頭拉得很近，背景顯得非常模糊。

拍完照，朋友又陪我走了一段路，才彼此擁抱告別。回到飯店收拾行李的時候，思索著人心畢竟是相似的，誰會甘心一路山長水遠，以為看看花苞就夠了呢？早知如此，春日無事，偶爾靜立陽台，遠遠看著他人庭院裡的緋豔山櫻，不也是很好的事？

只不過，當下選擇之難，正在於難以前知。沒有早知如此這樣的事。

只有委身於生命之流，才能稍微感應到世界其實藏有一股巨大的奧祕。

我很喜歡鈴木大拙在《禪與日本文化》裡提到的這段話：「儘管生命的外觀無限多樣複雜，一旦我們委身於生命之流，我們似乎就能理解它。東方人最特別的氣質，或許就是從內在，而不是外在，去掌握生命。而這正是禪探掘之物。」

來自於內在的力量，悄悄透露了當下與永恆的距離。愛做夢的莊子，會不會也是這麼想的？

讀《莊子》的時候不免要感慨，意識到自己的存在，也許是一件相當艱辛的事。常常在漫無邊際的想像之中察覺到，宇宙如此浩瀚，而人類如此渺小。我們活著，究竟是什麼？我們在著，又是為了什麼？天地彷彿是無窮無盡的，但是人很早就意識到，自己需要一個始終。

奈良夜深，我在旅館裡的大眾池泡澡之後，暖呼呼地睡著，夢中彷彿聽見花開的聲音了。

時間的流動無始無終，但做一朵花，做一個人，總是要求個始終。事過境遷之後，不論可惜不可惜，初心依舊在，往事恍成煙。

我想，緣分是流動的，自我也是流動的。

而世界上所有的花，畢竟還是有始有終。人類試圖給時間一個名字，毋寧是很有事。但因為這樣有事，人類的共同回憶才顯得別有深情，值得再三珍惜罷。

佛家經典不也這麼提醒著：「不忘初心，方得始終。」

抽象的心、抽象的靈魂，是那麼神祕、那麼難以理解。許許多多的思考者試圖提出一套理論，去說明、去解釋人類的存在，進一步去探求宇宙萬物之理。而我其實很害怕太過武斷的推論，太過自我中心的說法。

做為一個人，意識到生命的限制是一件好事。從限制裡，人可以開創出屬於自己的那一份自由。然而關於自由，每個人的想法多有不同。我也時常感到困惑——行於所當行、止於不可不止就是自由嗎？不受人情往來的束縛牽絆就是自由嗎？還是說，無所等待就是自由？或是像小說家哈金認為的：「自由的本質是對過往的背叛。」

幾年前曾經在某一本雜誌封面讀到這樣的說法，「不需要安全感就是自由」。那當下，深深被這個概念吸引，陷入長長沉思之中。人總是需要安全感的不是嗎？或許真正安心無所求的時刻，連安全感的需求都可以輕易地忘掉。完全的放空，真的可以忘了我是誰。

近來，有個年輕的生命常與我討論存在與孤獨的事——什麼是完整？什麼是自由？人可以真正地感受到快樂嗎？

我沒有能力為他人的生命多負擔些什麼，只是一直相信，生命的難題只能靠自己解決，要靠內在的力量去突破堅硬的花苞，才有機會舒展自我、綻放自我。那個花開的契機誰也說不準，也許是幾滴春雨，也許是一陣暖風，也許是一次輕輕的撫摸。

當我無力解答什麼的時候，隨手抽出一本蔣勳老師的《雲淡風輕：談東方美學》，送給那個被生之憂愁圍繞著的青年。跟他說了些讀後的心情，像是走進傳統的山水畫裡，看見了山重水複，也看見了柳暗花明。如果你曾為了生存哭泣，或是想哭卻哭不出來，不妨進入東方哲學或美學的世界，跟著詩文書畫一起散散步。不要執著於我，偶爾忘了我，或許會快樂一些些。太在意「我」，太過忽略外在的人事物，不太可能得到快樂。很多時候，情緒往往是被自己放大的。我很喜歡看媽媽擔任志工的樣子，她與一群伙伴們臉上的表情那麼喜悅，因為在意他人，渴望在他人的生命裡給予幸福。然後，自己也就幸福了。

如果你曾為了生存哭泣，那可能是因為很認真地生存著的緣故吧。如果你曾為了生存哭泣，或許可以偶爾在生活裡迷路，在社群網站裡看見他人的幸福。看見別人拍攝的櫻花滿開、美食好酒、過日子的千千萬萬種可能……

《雲淡風輕》這本書中的想法，有許多關於存在的沉思。沒有所謂的標準答案，只有心與物的欣然相遇。書中有一處我渴望抵達的遠方，北海道的野付半島，荒天寂地中有溫泉安撫疲累的身心。我告訴受苦的青年，當我厭倦了人事紛擾，我就展開一個人的旅程，去看看花，去走走路，把自己放在一個開闊的天地裡。

因為願意這麼相信，跟大自然相處的那個自我，會被治癒的，會受到最好的呵護的。

此時心頭浮現杜甫的詩句：「寂寂春將晚，欣欣物自私。」看到萬物各安其位，花開花落各有其時，真的覺得可以不要再傷感、再失望了。與其圍聚著抱怨生活，在語言的迷宮裡尋求出路安慰，不如從存在的牢籠走出，讓自己就是自己的寄託。

附錄

凌性傑　以詩保守光明的祕密
永遠的男孩，走來彷彿若有光

劉曉頤

凌性傑，六年級詩人中的佼佼者，身兼建國中學教師與青少年文學讀物編選工作，不僅以優秀的著作，也以編選讀物來滋潤人心。詩句和散文總是溫潤動人、情感飽滿，如他為學子編選過的其中一本古典詩讀本書名，「彷彿若有光」。一雙渾圓無垢的大眼睛，俊美、富於夢幻感的容顏，海風般燦爛笑容，沒有讀過他作品的人，可能會以為他是以俊美無垢的容顏和親和力來成為青少年的文學偶像，然而，一旦讀過其詩其文，無論是學院派、超現實派、鄉土派等各領域文學偏好者，幾乎都會從書頁中感受到一股溫熱卻不炙傷人的療癒能量，受到感動折服。

用美麗的態度回應世界

從第一本大受歡迎的詩集《解釋學的春天》，到他二〇一七年的詩集《島語》，屬於春天的鳥語花香、近乎海洋的晶瑩鹽分與陽光，彷彿無所不在。現任建國中學教師，凌性傑長年與青少年學子生活在一起，迄今是大家眼中「永遠的男孩詩人」，屬於他的赤誠、單純、篤實都沒有質變。二〇一六年出版散文集《男孩路》時，詩人好友羅毓嘉即感嘆地道，「看著他彷彿都不會老似的」。

最新著作是近期於有鹿文化出版的《文學少年遊》，所收錄的作品大多是他在旅遊過程中寫下的，異國氛圍之餘，文字基調較之以往更為淡泊悠緩，隨興卻靈動迷人。尚年輕的凌性傑已趨於保持優游從容的步調，放開得失心，只是在溫潤如水的字裡行間壯大。這個暑假周末下午，我們在國家劇院樓下的咖啡廳會合訪談，坦然而悠緩地分享自己的現況：

「近幾年來，心境變化影響了寫作的速度與狀態，哀樂之情必須有所寄託，於是成為詩。愈來愈喜歡低調過日子，盡力減少話語量，交際往來能免則免。有話可說的時候，才寫點東西。如何保持訴說的意願，也是常常思考的事。」

凌性傑從就讀於師大國文系開始在文壇嶄露頭角，啼聲初試即令人難忘，屢獲多項大獎肯定，如台灣文學獎、林榮三文學獎、中國時報文學獎、中央日報文學獎、梁實秋文學獎、教育部文藝獎等。儘管早已屢獲大獎，詩筆穩健，且攫獲無數人心，但凌性傑對於自己的詩創作一方面吹毛求疵，一方面也誠實、謙虛以待，說自己至今仍處於實驗、未完成的狀態。回想自己出版第一本詩集《解釋學的春天》時，他也青春熱切地經營複句、堆疊意象，試圖用最豐盈的詞彙去構建詩意王國，因此這本詩集中的實驗性質很強，裡面充滿了概念與修辭的試驗，他說自己很多技術都是在那本詩集裡完成探索的，而經過了技術鍛鍊階段，現在他更傾向自然而然的表達。

所謂「完成的狀態」或「完成度」對他而言，反而感覺沒那麼重要了。然而，他也會一再自我質問，什麼才是重要的呢？他說，自己讀詩首重詩心，那是詩人最虔敬的傾訴態度。

「我也一直認為，用美麗的態度回應世界，應該是詩的起點。創作者的心，與世間萬有彼此相遇，形成美的碰撞，那就是詩意的開端。創作者必須『詩心自用』，找到最適切的語言文字，承載聲音與意象，賦予結構、意義，展現獨一無二的精神主體，他的作品才足以成為詩。如今讀詩，愈來愈喜歡簡單乾淨的敍述，在日常語言中汲取最大溝通能量的詩意。我相信，即便是無理而妙的詩，也必須具備溝通能量的。溝通能量愈強，穿透力就愈大，愈能夠深入人心。」

歷年最年輕的年度詩選主編

除了自己的創作，他從很早以前就陸續為學子編過多本詩書選集，如《人情的流轉：國民小說讀本》、《彷佛若有光：遇見古典詩與詩生活》、《自己的看法——讀古文談寫作》、《陪你讀的書——從經典到生活的42則私房書單》、《靈魂的領地：國民散文讀本》，令青年們受益良多。不像大多專業作家，只孜孜致力於累積自身的創作成績，凌性傑心在學子，不僅以優秀的著作，也以編選讀物來滋潤人心。就在他與學子的互動之間，一個個身影，男孩的雀躍、傷愁，愛情迸發的酸澀與猶疑，學生青春和自己的年少時光交錯呼應。

今年，凌性傑的新挑戰是擔任二魚版年度詩選主編，為一年一度國內詩選盛事以還最年輕的主編。坐下接受訪談沒多久，他就開心地說：「詩選剛交出去，好不容易大功告成。」他表示，去年答應接下年度詩選的工作之後，長時間都處於訊息焦慮的狀態中，深怕自己錯過了什麼、遺漏了什麼。審視手邊的詩選清單，一開始羅列自己喜愛的詩，數量竟然超過三百首，一本年度詩選絕對無法負載這麼多作品，但是想要割捨任何一首，對他而言都極其煎熬。儘管如此，他感恩於，這樣的壓力促使他更積極地閱讀作品，調整自己的美學品味，重新建構對台灣現代詩的認識。

承擔年度文學選集的工作，跟他以往編選各類讀本的經驗有什麼不同處？他說，年度詩選必須以詩的本質作為基本考量，此外還要兼顧「時間感」或「時代感」。關於詩選分類方式，或依主題分，或依作品長度分，或依發表先後次序或創作者出生世代分，凌性傑喜歡觀察時間的流動，覺得任何分類方式似乎都無法做到周全，幾經思索，只能按照他與這些詩作相遇的月分，依次排列在讀者面前。

「文學創作之可貴，正在於這些互放異彩的時刻，各自守護品味，各自散發魅力。不同世代的詩人，獨立而堅定地表達自我，展現不落俗套的美學價值，讓現代詩的譜系更加富麗，現代詩學的星空更加璀璨。」凌性傑雙眸晶亮地說：「在我們生活的角落，尋覓聲音、意象、結構、意義兼備的作品，始終是年度選集的重要任務。編選者的美學品味，會直接影響選集的整體感。所以戰戰兢兢，不敢稍有懈怠。身為二〇一八年臺灣詩選的編選者，我知道這是一項眼界與品味的挑戰，也是耐心與毅力的考驗。我只能這樣期許自己，盡力挖掘、細心揀擇，讓年度詩選有更多的可能，美學品味有更豐富的呈現。」

以往年度詩選的評選詩稿來源，主要是從報紙和詩刊中挑選，這次凌性傑特地擴大來源，更為全面性、鉅細靡遺，花許多心思注意來自非主流管道的好作品，包括許多第一次出版詩集的年輕詩人，盡可能不遺漏這些年輕清亮但不為人所注意的創作聲音，讓有潛質的青年詩人被看見。用心所至，他不辭辛勞，讓這項工程過程中的搬磚運石流程比以往都更為繁瑣，以鼓勵年輕詩人的創作路。

書之不能或忘

二〇一七年尾，麥田出版社為他一次重磅推出《島語》、《海誓》雙詩集，《島語》是全新創作集，《海誓》為夢幻絕版舊作，以雙套書加布提袋的方式發行，一上市就被搶購一空。麥田出版社對於出版這套書是很熱情的，早先就對凌性傑表示，無論他是否申請到國藝會補助，都希望能出版他的詩集，他很感動。他原本並無意重新出版這本舊作，而出版社提出，《島語》、《海誓》正好在書名上形成對照，他也覺得巧妙。其中，《海誓》採限量重新發行，目前只有《島語》仍以單行本方式持續銷售。何以《海誓》匆匆，僅限量發行？凌性傑說：

「我很感謝林達陽經營松濤文社時出版了《海誓》初版，印量一千，半年之內即絕版。這本詩集同時也獲得高雄文化局的創作獎助，感謝之情一直深深銘記。絕版之後，從沒想過要再刷、再版。所以這次《海誓》的再版、限量重出，純屬意外。《海誓》收藏了我非常美好的感情記憶，讓私祕的事件有安置之處。但我也始終擔心，書中記憶的刺點會讓我一再陷入尷尬。跟麥田出版社討論《島語》出版事宜的時候，我說服了自己，就用限量版的形式再次留下紀念，也再次告別《海誓》吧。」

大學畢業後十年期間，他在島上流盪遷徙，先後住過嘉義、民雄、高雄、台東、花蓮，最後落腳於淡水，期間還短暫去過綠島、蘭嶼、金門、馬祖、澎湖，他表示自己對這些地景多所眷戀，故「書之不能或忘」，他又吐露：「創作之初，我預先設想《島語》詩集的視野可以更寬闊，以更從容的方式貼近高山大海以及島上的種種事物。在這些空間中，或將完成一系列情感的驗證。然而真正書寫的時候，完全只剩此刻與此心，無暇顧及其他了。」

以漫遊者角度出發，閒散的悠遊晃蕩曳出縷縷情思，溫度從故鄉擴延全島。以「島語」為名，不但為自己定義，也為自己的族群定義——企圖對應今昔，自島上的人文基礎提煉自我生命情懷，在私人情感中一併呈現時代的重量。關於期間創作主題與情感的遞嬗轉變，凌性傑說：

「青春期的我認為，寫詩是一件私密的事，只跟自己的情經驗相關。自我認識的歷程，往往就留存在年輕時候作品裡。年紀漸長之後，關懷的層面擴大，於是詩的內容也變得比較多樣。某些重要事件影響了我，譬如九二一大地震，譬如九一一，譬如文明的衝突與對立……。《島語》這本詩集本來設定的是台灣地景主題，希望將空間裡的種種現象與自身情感連結起來。後來覺得，這更像是一次又一次自我對話的歷程。以詩的形式完成自我對話，跟寫散文非常不一樣。《島語》詩集中有一些比較神祕的、幽微的、無法明說的心情，也有一些比較明朗的、散文化的敍述腔調，總之，都是生活經驗的累積所致。」

一如既往，他集中維持抒情腔調，而又以個人生命歷程見證時代的光影，試圖勾勒二十一世紀的第一個十年，台灣島上的生活樣態。將纖敏心緒寄託於島國景致和時代的遞嬗變化之中，逐篇書寫眼見耳聞、身體膚觸，自山海雲雨間索驥往事，自走過的時光地景鑿鏤心中尚未弭平的刻痕，他說：「雖然那些人與事已經變得好遙遠，我仍清楚記得少年時光，愛或傷心的敬慎與輕微。」凌性傑說，「空間場景不斷變換，而我總是帶著自己的身世，努力尋覓生活的真實。」永遠愛著這個世界的男孩，熱度從不曾離開。

詩中寄託靈魂的樂音

誠實而專注、內斂如他，特別重視詩的聲音感和內在節奏，透過詩，聆聽自我內在的聲音。「我寫作的時候總是很依賴聽覺，盡全力去捕捉聲音與意義。寫作過程中，我會讀出聲音，或在心中默誦。也許是從小受到古典詩的薰陶，古典詩的平仄、押韻形式讓我受到極大的啟發。字詞與字詞、句子與句子、段落與段落，其中的規律與變化塑造了音樂性。誦讀詩句時的一呼一吸，氣息的強弱，都是來自靈魂深處的回聲。」

他覺得詩的音樂性將有更強的撫慰作用，尤其現代人在智慧型手機影響下，每天用眼過度，這時傾聽詩朗誦，用耳朵去讀書，用耳朵去認識一首詩，或許更能貼近詩的本質。他分享說，聯合報副刊的「空中補給」專欄，提供古典詩、現代詩朗誦影音連結，已成為自己詩歌教學課程的重要養分。幾年前，他開始關注大陸的微信公眾號「讀首詩再睡覺」，睡前讀一首詩變成了一場生活儀式。二〇一七年，他很喜歡的一套有聲書是《在所有聲音中，我傾聽你：趙又廷為你讀詩》，趙又廷的中、英文朗誦令他驚豔，「這證明了詩不僅要用神經去念，更要用靈魂去念。」他說。

至於台灣讀者熟悉的網路社群「晚安詩」、「每天為你讀一首詩」、「詩・聲・字」……等，也促成台灣現代詩的普及與流傳。「當詩作為一種靈魂的顫動、聲音的藝術，一首迷人的歌詞其中也必定帶有詩意。前衛版臺灣詩選曾收錄羅大佑的〈亞細亞的孤兒〉，爾雅版的年度詩選曾選入林強的〈向前走〉，在在見證詩與音樂的美好交會。編輯《二〇一八臺灣詩選》時，我想要從朗誦、演唱的情境裡，挑選一些作品分享給大家。」他分享說。

「語言的音調結構是外顯的，靈魂的樂音往往寄託其間。」他神情燦爛地提出：「詩是最光明的祕密。」詩稿塗塗改改多年，有時還刻意將書寫背景的地名地景抽離，只留下細微的心情起伏。曲曲折折的繞路過程，宛如琴聲爛漫的胡同，空氣中充滿音樂，音樂中充滿暗示與隱喻，藉由斑斕而隱微的碎片，呈現完整的靈魂品質。聽者、讀者不知完整故事，那些屬於凌性傑心底曲折、不知伊於胡底的私密與情結，卻光明呈現。不求得失，他深信，寫詩的時候，最大的受益者就是自己。如同俄國諾貝爾詩人布羅茨基所謂「以藝術報償藝術」，他說：

「以詩的形式理解自己、理解他人、理解世界，這過程就是最大的報償。」

「任何文學作品都負擔了傳達與溝通的任務。所有語文形式中，詩可能不是最有效益的溝通形式，但卻是最具美感的溝通。這份美感既來自於字句音韻，更來自於虔敬真誠的愛意。對世界實有所愛的人，就會喜歡詩。」

他不諱言，自己曾深深迷戀詩的神祕性，依靠直覺去寫詩，尤其青春時期。「在可解與不可解之間，那時的我顯然偏愛後者。若說詩有別材，『不涉理路，不落言筌』、『羚羊掛角，無跡可求』，這樣的境界當然也都很好，感覺對了就對了，直覺式書寫自有迷人之處。」然而，對於許多人這麼提問：愈好的詩就是愈讓人看不懂的嗎？他說：「我想，不是這樣的。任何形式的藝術創作，總要在『理解、被理解』的脈絡裡去傳達、去溝通。這類的疑問不一定可以立即獲得解答，但每一首新寫的詩就可能是某種答案吧。我但願能夠保持疑惑，更加無所畏懼地涉入未知。我所思考的、我所感受的，能夠用恰當的語言呈現出來，這樣就很好了。」他微笑說。

以變異去發現自己內在最真實的狀態

在散文方面，前幾年開始，有「散文不得虛構」一說，這針對的是虛構身世、遭遇以賺取評審眼淚的毛病。誠實如淩性傑，自然是不會這麼做的，但有時虛構對他而言是文學實驗，例如顛覆敘事人稱，模擬不同的文學情境。大學時，他甚至有想要挑戰文學院老師的想法，用虛構的第一人稱寫報告，訴求之一是想讓人在不知情之下獲致意外的驚訝感。他很喜歡在創作時轉化身分，嘗試用別人的視角來敘述，使事物呈現多面性風貌，而終歸，「情節的虛構重點在於理解世界的過程，以變異去發現自己內在最真實的狀態——最重要的是情感與思想的真實。」他強調。

師大體系的國文系強調背誦古文、古詩詞，淩性傑從修習到任教以來，古典素養相當深厚，偏偏現代詩強需要「橫的移植」、去古典化，他笑說自己彷彿「被古典幽靈占據」，心情上是又愛又怕的。古典素養加上現代詩創作經驗，他自有一套融合法，以獨創性、屬於自己的敍述方式，巧妙交代古典情境。他說，古典的輝光持續照耀自己平庸的生活；古典文學的訓練、古典詩文的創作經驗，並沒有妨礙他的現代文學創作，反倒提供不少養分與靈感。

「當我們討論現代詩的可能、追尋現代詩學，古典常常能夠折射出現代意義。反覆閱讀經典，多多接觸不同形式的創作，古典與現代其實可以相互融通。『不薄今人愛古人』，我很喜歡這樣的態度。我也認為，繼承與創新可以並行不悖，甚至繼承即是創新的基礎。《文心雕龍．通變》提到：『變則其久，通則不乏。』舊的規律雖然已成過去，但我們可以從舊規律中找到新方法。」凌性傑闡述，進一步談到古典詩裡常出現的「擬代」，變異，以及詩歌最重要的「情感與思想的真實」：

「古典詩裡常出現『擬代』的敍述方式。男性詩人可能化身為思婦，轉換視角去進行創作。我也喜歡各種『擬代』，變換性別、身分、地位、視角，易地而處，去設想我未曾經歷的人生。事件可能虛構，但情感與思想的真實才是我最關心的。情感與思想的強度，可能是詩歌最迷人的地方。音調、節奏的安排，確實也與情感與思想的狀態有關。形式與內容互為表裡，無法切割。」

喜歡在創作時轉化身分，嘗試用別人的視角來敍述，使事物呈現多面性風貌，甚至開不同的臉書帳號跟自己對話，設只有自己另一個帳號的群組來實驗文學不同的發展可能，他可愛靦腆地笑說，是因為怕自己忍不住把創意發想在臉書上公開發布，造成後續創作的滯礙，也許先批露就減少了書寫的慾望。終歸，「情節的虛構重點在於理解世界的過程，以變異去發現自己內在最真實的狀態——最重要的是情感與思想的真實。」這題與前題或許有對應關係：情感與思想的真實，是不是即內在節奏聲音之形成來源。

堅持純文學性與打破閱讀門檻，也是他一直在戮力追求的微妙平衡。出於這個動機，別出心裁地，他在《島語》詩集中刻意參雜一些札記體的文字，希望降低閱讀門檻，打破大眾認為現代詩高不可攀的印象。「很多讀者看到艱澀難懂的『詩』可能會被嚇跑吧。詩儘管不甚切合日常實用，但其實與生活息息相關。所有上乘的文學作品，都可以讓日常生活變得有趣、有美感。」

詩屬於小眾文學，但他總希望還能推廣讓更多讀者進入，同時堅持自己的特性、小眾性。他編排詩集的時候，希望在開頭以散文詩、札記體的形式降低閱讀理解的門檻，與普通讀者分享自己的感受。至於下一本詩集，要有怎樣的呈現方式，他還在思索之中，甚至想著，是不是不需要書面呈現，改以朗讀方式呈現？或者詩集裡附上QR Code，掃瞄之後可以直接聆聽整首詩。種種更具實驗性、立體多元化的詩集擬態，在他心中持續醞釀，希望開發更有趣、吸引人的呈現方式，「畢竟，我見證過文學出版黃金年代，怎甘於任憑詩集變得小眾蕭條？」他笑說。

從荒地蔓草中捧出光

今年六月，在聯合報副刊策畫、詩人許悔之的主持下，他與插畫家可樂王擔綱朗誦及對談，展開「詩與畫的對話」，他興之所至，當眾公開分享一篇散文書寫計畫，題目是〈背對世界的方式〉。閻連科主張背對文壇，凌性傑甚而主張背對世界，低調清明地用背影看世界。以佛教繪畫中曾面壁九年的達摩為例，他說達摩志願拯救眾生，但方式是透過面壁、打坐或抄經，用背影看世界。他以演繹這套哲學的方式是在寒暑假空檔，一個人浪漫自在旅遊。

有感於近年來詩壇充斥「厭世詩」，他認為，人心還是需要正面能量的，因此醞釀有出版「能量詩」的想法，希望為人心注入溫柔、清新的泉源，或許以一首詩搭配一張類似塔羅牌設計的插畫方式呈現。他語調溫柔地分享說，在《萬葉集》和歌時代，人們相信每一個語詞都有一種神祕的力量。他期許，書寫者在運用語詞的同時也獲得能量與溫暖，把溫暖美好分享給人。他的分享方式是不訴諸喋噪或企圖的，令自己與他人都感到舒緩療癒，回歸本真。在之前《島語》自序中，他就表述：

「有更多時候，我樂於享受『不思進取』的寫作狀態——回歸本真，有話要說就寫，無話可說就暫時保持沉默。從來不是我在創造什麼，而是書寫行動提供了完整的保護罩，讓我跟這個世界始終保持一點距離，也跟現實人生保持一點距離。」（凌性傑，命運的指針，2017：9）

故此，他特別喜歡加斯東．巴舍拉（Gaston Bachelard）《空間詩學》（*The Poetic of Space*）這本書，分享：「我們活在固著（fixations）裡，固著於幸福。我們藉由重新活在受庇護的記憶中，讓自己感到舒服。某些已完結的事情，必須保持在我們的記憶中，透過意象，將它們的原初價值保留下來。外在世界的記憶，與家屋的記憶基調絕對不同。藉由喚回這些家屋的記憶，我們為我們的夢增加了庫藏；我們從來不是真正的史家，卻一向離詩人不遠，我們的情緒或許只是一種迷失的詩藝。」（Gaston Bachelard，2003，67-68）

喜好旅遊，常在旅途中寫作，尤其偏愛京都，喜歡享受在寺院抄經的專注感。旅途當中（尤其是單人旅行），很容易在景物變換之際感到興奮。那樣的時刻，他就會有迫切訴說的意願。搭乘交通工具移動的過程，不自覺掏出手機拿出紙筆，書寫當下心情，是他感到最舒服自在的創作狀態了，能夠在異樣時空中書寫自我並且忘我，令他感到幸福。他把近年來旅遊書寫的文字輯為《文學少年遊》一書，但覺得慶幸，自己並非以作家的身分去旅行的，而是用最平凡、最世俗的肉身，帶著好奇去迎接旅行中必將遭遇的一切。他真摯地說：「我一直很害怕那種『有高度』、『有姿態』的旅行。像奈波爾的旅遊書寫就很有姿態，以作家的身分去俯瞰一切、睥睨一切。我試圖盡力避免太有計畫、太具目的性的旅遊。我往往不是為了寫那個地方而前去當地，為的是讓自己在另一個遠方隨興漫遊，享受『置身其中』的感覺，也享受被陌生空間形塑的感覺。好比說我很喜歡去京都（五年內去了十多次），但不一定要為它寫些什麼。」

對萬物謙虛，對生命虔誠，對於別人向他求教現代詩的問題，他誠摯地說：「不敢說傳授什麼，只能虔敬分享自己寫詩的靜好之情。對自己使用的語言保持敬意，是我書寫時最堅持的態度。寫詩的時候，我會極力去拓展敏銳的直覺、細緻的思考，讓我在意的那些事物活在語言裡。我寧願讓自己放鬆，也不要太勉強自己非要寫出什麼驚人的作品。寫出來的作品首先要感動自己，能不能感動別人那就不是自己能掌握的了。我渴望的寫詩狀態無非是這樣：與天地萬物冥契，藉由語言進行溝通卻又能夠超脫語言的束縛。」（野薑花詩集季刊，2019：14）

詩人楊佳嫻在《島嶼》的序文中寫道：「他總能留意那些小美好，追問幸福的蹤跡，不吝於從荒地蔓草中捧出光來，溫暖讀者。」（楊佳嫻，吸吮南方的回聲，2017：2）屬於凌性傑的光，不是迸越令人睜不開眼的輝芒，而是宛自心頭慢慢滲出，含笑含淚的悠緩之光。無論說詩如其人，抑或人如其詩，凌性傑的形象與文字早已渾然一體，深入人心。即使在他未出版新著作的前幾年，透過他所編選的詩文集，回溫他青春期的詩集與散文集，「離開了，所有卑微、受過傷的生命，其實都還熱血而溫暖。」初心宛然，一路撿拾沿途散落的青春念想，一滴淚，已成了一片海洋。

原文刊於WAVES生活潮藝文誌，2019年

參考資料：

Benjamin, Water.，1983，Charles Baudelaire:Ein Lyriker im Zeitalter des Hochkapitalismus，《發達資本主義時代的抒情詩人：論波特萊爾》，中譯：張旭東，魏文生，臉譜出版社，台北市。

Gaston Bachelard，2003，The Poetic of Space，《空間詩學》，中譯：龔卓軍、王靜慧，張老師文化事業股份有限公司，台北市。

凌性傑，2017，《島語》，麥田出版社，台北市。

凌性傑，2016，《男孩路》，麥田出版社，台北市。

文學少年遊
蔣勳老師教我的事

看世界的方法 177

作者　凌性傑

整體美術設計　厚研吾尺
內頁排版　華漢電腦排版有限公司
責任編輯　魏于婷

董事長　林明燕
副董事長　林良珀
藝術總監　黃寶萍
執行顧問　謝恩仁

社長　許悔之
總編輯　林煜幃
副總經理　李曙辛
主編　施彥如
美術編輯　吳佳璘
企劃編輯　魏于婷

策略顧問　黃惠美・郭旭原・郭思敏・郭孟君
顧問　施昇輝・林子敬・謝恩仁・林志隆
法律顧問　國際通商法律事務所／邵瓊慧律師

出版　有鹿文化事業有限公司
地址　台北市大安區信義路三段106號10樓之4
電話　02-2700-8388
傳眞　02-2700-8178
網址　http://www.uniqueroute.com
電子信箱　service@uniqueroute.com

製版印刷　鴻霖印刷傳媒股份有限公司

總經銷　紅螞蟻圖書有限公司
地址　台北市內湖區舊宗路二段121巷19號
電話　02-2795-3656
傳眞　02-2795-4100
網址　http://www.e-redant.com

ISBN：978-986-98871-7-5
初版一刷：2020年9月

定價：380元

國家圖書館出版品預行編目（CIP）資料

文學少年遊：蔣勳老師教我的事／凌性傑著.
-- 初版. -- 臺北市：有鹿文化, 2020.09
面；　公分. --（看世界的方法；177）
ISBN 978-986-98871-7-5（平裝）

863.55　　109011573